烏鴉與猛獁

趙鴻祐

目次

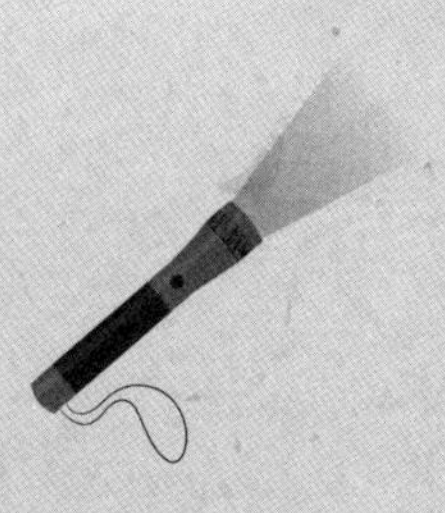

〈推薦序〉

自己的勝利

言叔夏

這幾年常收到鴻祐寄來的出版社贈書。疫情期間他口考後，我們就維持斷續的聯繫。常是公事：關於邀序或掛名推薦之類的往返。因我事忙，而且有死線焦慮，常相當不好意思地推辭了這些邀請。他寄書來也寄得不動聲色，好像只是每月寄來一張明信片，告訴你他還有在上班（欸）。也甚少再知道他還有沒有繼續寫小說：因他在寫作這件事本身，好像從來不是張揚的人。鮮少會如某些寫作者，在作品之前，先把某些顯性的物件擺放出來（這話說得不盡精準。或者該說，在作品現身的同時，你很快會一眼看到那並置的、明顯的「什麼」——）。他不是這個路數。他的小說常是有意識地保持一層和世界之間冷淡乾硬的透明薄膜。那如同昆蟲脫蛻的隱翅，世界新陳代謝後所殘留的剩餘，被拿來綴補成一種觀察道具。如同〈烏鴉與猛獁〉裡，視網膜破掉後的主角，透過那殘餘的蛛網看出去的世界。我常想那是為什麼呢？在這個寫作經常挾帶某種演出性的時代，這種退後有時會讓人浮現夜市裡撈金魚的攤位前，當其他小孩都緊盯著水池裡的金魚，有個小孩卻一直很在意手中破掉的紙網，該怎麼重複補葺，才能永遠不會再破。他可能一直坐在那個攤位前，整晚修補著他的網子，而最終忘記了那些池裡的金魚嗎？那張網，變成他小說裡外最重要的指涉物，既是形式的，也是內容物的。

收在《烏鴉與猛獁》裡的八篇小說，圍繞著一種生命的破洞而開展，作者顯然有意識地在情節的困境與困境之間，鍛造某種關乎救贖的脆弱性。這些角色多是一代青年側像的某種速寫或描繪，漫漶一種虛無氣息。其中某些篇章甚至會讓我模模糊糊地想起中國作家胡遷的〈大象席地而坐〉，那座現實中並不存在的花蓮市動物園：虛無的中國青年在某種人生的困境裡，來到花蓮，吃過了東大門夜市，喝過了瑞穗牧場鮮奶（他還跟團去了太魯閣，疑似走了砂卡礑步道——）。小說的最末，他終於來到那座虛構的動物園，為了見一面那隻傳說中一直坐在原地的大象（「這件事可能是我這輩子最大的一個問題了。」），卻反過來被牠一腳給踩死了。動物園裡的「大象席地而坐」作為一個問題，我們究竟會被這個問題指路或反噬？我無法回答。但《烏鴉與猛獁》的同名短篇裡，也有一座幾近虛構的動物園：自稱社畜（因而牠總是被豢養）的臺灣青年，每天都在辦公室電腦裡偷偷搜尋臺灣各地的動物園。他沒寫出任何關於動物園的提案，就因為車禍腿傷而回到老家，無法再繼續上班。而他的動物園提案，則其實來自他視網膜破洞前的一個夢：「我在偌大的動物園裡迷路，一直找不到離開的方法。」這座夢中的動物園，彷彿透過視網膜的破洞，像襪子的洞口般反折出夢境的內裡——將作為現實反面的夢境，推出夢外，變成現實裡真實存在的夢魘。

這些難解的現實，層層疊疊，構成了小說裡敘事者的邊界。在可為與不可為之間，小說裡的角色多半嘗試摸索出一條自己的法則，做最小程度的、只有自己知道的抵抗。他們就如同〈鄰居〉裡因為家暴陰影而加入佛教團體的瓊枝，為了找回「自己的勝利」——「她的勝利條件，是不服從，是小小的抵抗，是不給予那些別人希望她表達的：譬如驚駭、哭、無助的眼神。」這會是他形式上的一個端倪嗎？總的來說，這八個短篇似乎都戮力於把握一種收束的節制感，在理應（或容易）戲劇性的地方戛然而止。那似乎也不見得應歸納為一種技巧的展演，而更接近一種對情緒演出的潔癖或倔強。它所指涉的對象物大抵是一種空白——創傷彷彿只是生命中的某種鑲嵌，被填補進一個老早即存在彼處的空缺，而從這空缺中長出的義肢或金屬手指，日復一日地，代替我們活下去。書中最具象的一篇，或正是以八仙塵爆作為背景的〈脛骨之海〉。樂園爆炸時，青年的時間被中止了。他成為一個需要重新練習走直線、使用輔助器行走的男人。他的母親告訴他：「你人還活著就好，錢也沒關係。我們可以重新開始——」；然而，「重新開始」是可能的嗎？如同塵爆所摧毀的人生，一旦被截斷，該如何從那接銜起來的「中間」開始活下去？小說裡的青年後來成為一個外送員。有些殘忍的片段，以屏息口吻，寫那遮掩在長褲底下、套在一雙愛迪達球鞋上的義肢，幾乎可聽見機械轉軸喀啦喀啦的聲響。但微妙的是，正是在這樣一個以煙火作為創傷事件的故事裡，儘管有著技術上難以忽略的痕跡，他仍讓這篇小說終止於創傷事件後，一場自己為自己燃放的煙火。他是想活下去的罷？

我想起剛到東海任教的那段時間，可能我太常在課堂放些來源不明的可疑電影，於是有人就提議不如課後我們自己借教室來舉辦快閃電影院。鴻祐也是其中之一。大概也曾在人文大樓的深夜五樓裡，一起看過不知哪裡傳來的一部四小時〈大象席地而坐〉？夜間長片散場時，最讓人不知所措的，大概是夜仍深長，更顯得現實的世界無處可去。我們去了一個四小時外的世界度過了他人漫長的一生，像穿過誰的視網膜破洞，回到了螢幕以外的世界，卻發現這裡的黑夜還沒有結束。現在回想起來，那種「還沒有結束」，正是烏鴉與猛獁開始出沒的時間。它沒有終點，只能以寫作與之驅逐。就如同小說裡那座沒有盡頭的夢中動物園，無論如何也走不出去。但如果它足夠幸運，在遙遠的未來，「還沒有結束」這句詛咒般的話語，或許也能夠在書寫的行動裡被抽換詞意，改寫成一句反語：「還沒有結束」，就是一種「重新開始」；重新成就一張關於動物園的地圖。那或許，就是他給他自己指路的開始。

（本文作者為作家、東海大學中文系副教授）

〈推薦序〉

消失的故事與復原競爭

——趙鴻祐《烏鴉與猛獁》的創新啟程

何致和

近年來，臺灣短篇小說集的出版呈現蓬勃發展，其中湧現了許多新銳作家的作品。這股現象的背後，或許與文學獎的普及、各類文藝機構提供的寫作補助，以及有越來越多的創作研究所的學生完成學業取得藝術碩士畢業有關。將得獎作品結集出版，或直接發表畢業創作，已成為新人作家踏入文壇的一種常見途徑。

鴻祐也不例外，選擇以短篇小說集《烏鴉與猛獁》作為他的第一本書。儘管他並非創作研究所科班出身，但他就讀的東海大學中國文學研究所提供多元化的畢業方式，允許學生以文學創作作為碩士論文，不過仍需要經過嚴格的審查。二〇二二年，在言叔夏老師的邀請下，我與吳明益老師共同擔任鴻祐畢業創作——短篇小說集《深穴海馬迴之歌》的審查口試委員。那是我第一次完整閱讀他的創作，當時就對他作品的深度與獨特性留下了深刻印象。

兩年後，當出版社編輯來信告訴我鴻祐即將出版他新書，並邀請我為他寫一篇推薦文，理由是我曾擔任過他的口試委員，還提到這本小說集是「由鴻祐的碩士論文做部分修改增寫而成」。那時我毫不猶豫地答應了，主要原因是，我在口試時已經讀過他的作品，感覺頗佳。其次，我認為這些作品我都讀過了，只要稍微再重溫一下，就能寫出我對這些作品的看法，應該不會花太多時間。

但當我拿到出版社提供的書稿時，越看越覺得奇怪，為什麼這些作品完全沒有我曾讀過的印象？難道是我記憶力衰退了？我懷疑地找出趙鴻祐當年的畢業作品，比對後才發現，這哪裡是「部分修改增寫」？兩年前的畢業作品只剩下一篇，其他的都不見了。這本小說集中的八篇作品，有七篇是我從未讀過的全新創作。

這個發現讓我既欣喜，又感到巨大的壓力。高興的是，鴻祐為了創作成長，竟能捨棄已完成且具出版水準的畢業作品，選擇創作全新內容，這樣的決心令人敬佩。另一方面，這也讓我感到壓力，因為這些全新的作品需要重新細讀，才能寫出像樣的推薦文。而我的時間有限，擔心匆忙閱讀會讓文章流於膚淺，辜負了編輯和作者的期望。

兩年前，鴻祐的畢業作品曾給我留下難忘的印象。他偏好描寫具有私密與神祕感的空間，擅長透過意象隱喻與心理描寫營造情境氛圍，故事經常聚焦於認同與孤寂之間的矛盾與張力。在《烏鴉與猛獁》的作品中，這些特色依然可見，但表現手法與視野已有顯著突破。兩年前，他的創作功力已足以讓同輩寫作者難以追趕，如今他更是大幅超越了自己。讀完這本小說集，我才深刻體會到鴻祐對創作的熱情與信念，這部作品絕非他碩士作品的簡單延續，而是一次創作上的蛻變與突破，展現了令人讚嘆的企圖心。

例如，作品集中的〈脛骨之海〉以二〇一五年八仙樂園塵爆事件為背景。雖然他並非第一個書寫此事件的作者，但選擇在事件發生九年後重訪這段歷史創傷，體現了對議題的深刻反思。鴻祐以小說將塵爆與太陽花學運並置，將個體與集體的創傷相連，直面社會對痛苦的選擇性記憶。故事以第三人稱視角細膩描繪受害者的苦難，揭示了「競爭性復原」的荒謬：在社會眼中，有人因傷痛被塑造成英雄，有人卻遭受冷嘲熱諷，甚至在復原過程中也要面對無形的比較與壓力。透過這篇作品，鴻祐呈現出更為成熟的創作視野與社會洞察。他以小說為媒介，勇於揭示偏見與不公，並以冷靜卻深刻的筆觸質問社會對傷痛的選擇性記憶，讓小說成為對現實的有力提問，也體現了他在創作深度上的突破與成長。

又如〈水造的路徑〉，探討自然與人為災難對生命的改變，同樣聚焦於傷痛與復原的主題。小說以創傷後壓力症候群的主角為中心，描寫其同時活在過去與現在災難中的狀態。在山難事件中，他意外與昔日的霸凌者及另一場災難的倖存者阿村相遇，複雜的人物關係與事件交織成一張情感與記憶的網絡。但鴻祐的重點不在於梳理事件本身，而是探索倖存者如何面對創傷與內心的矛盾。小說還巧妙融入現實議題，如臺灣行人安全，從日常層面反映倖存者被擾亂的心境，進一步深化情感層次。透過開放式結局，故事拋出了一個關鍵問題：倖存者該如何真正解開時間的糾纏，找到通往和解與重生的道路？這篇作品展現了作者對生命議題更深入的思考與更細膩的處理手法，觸及了傷痛與復原的本質。

綜觀《烏鴉與猛獁》這部小說集，可發現鴻祐以細膩筆觸，專注於描繪社會邊緣群體的內心世界，聚焦於那些因缺乏支持系統而被主流價值觀排斥的人物。面對生活壓力與內心創傷，他們做出看似偏激的選擇，這些行為看似衝動或自毀，實則深刻反映了他們的無助與掙扎。作者不以道德眼光評判，而以同理心揭示角色的複雜情感與生命困境，小說巧妙地將這些人物置於「中間地帶」——既屬於社會的一部分，又因現代社會的急遽轉型而與主流保持疏離。這個地帶既是他們內心世界的投射，也是其所處的尷尬位置。透過多樣的敘事視角，鴻祐成功讓這些被忽視的個體得以呈現，寫出他們內在的韌性與對生命的渴望，喚起讀者對弱勢群體的更深層反思。

細讀過這些全新的故事，我發現鴻祐的文字更為細膩了，對人物內心的揣摩也更加深刻，情節的安排變得比過去還要縝密緊實。每篇作品的故事和主題各有不同，卻又彼此呼應，如同一幅完整的拼圖。透過這些作品，我不僅感受到他在敘事技巧上的成熟，也看見了他對生命和現實細微之處的觀察和思索。這些發現讓我慶幸鴻祐沒有拘泥於口試時的畢業作品，而是選擇以嶄新的作品集來向讀者展示自己。這樣的創作態度，無疑展現出一位作家對自我要求的嚴格，以及對藝術的不懈追求。作為他的口試委員，我感到欣慰和光榮，也對他的將來充滿期待——期待他的作品能夠觸動更多讀者，期待他在創作道路上繼續突破自我，為我們帶來更多值得細讀與珍藏的作品。

（本文作者為作家、臺北藝術大學文學跨域創作研究所副教授）

烏鴉與猛獁

我在偌大的動物園裡迷路，一直找不到離開的方法。直到黃昏，園方準備閉門，人們背影漸次稀疏、遠去，像沙灘上退潮的浪。工作人員下班後，每區的閘門都被深深鎖上。為了尋找逃出的路徑，我隱約看見左手邊有一道縫隙，裡面滲出流光。我只好走近，並跳下去——內裡卻意外窄仄得逼我匍匐在地。所幸我並沒有受傷。我攀臥在一層厚厚的透明玻璃上，底下滿滿一大片白化珊瑚。我緩慢地爬行，感覺陣陣熱浪撲面削弱我的速度；如果停下，腳踝就像被往後拽住。我的呼吸慢慢粗重，發現景色無限蔓延，看不到終點，回望時，起點也遠得看不清了。

我從來沒有一次爬到終點。

視網膜破洞那一年，這個夢停止了。

那一年，我眼睛非常容易感到不適。看東西時會忽然一陣模糊，像點到過量的散瞳劑。那也是我進入公司上班的第一年，成為大家戲稱的「社畜」。這個詞很有趣，尤其是「畜」。人將自己比喻成被馴養的動物，是遭到凌遲的畜牲，且相信總有一天會被宰來吃。

「即便如此，為自己負責也是很重要的。」我對自己說，也對這樣的自己感到稍微釋懷。幾個朋友聽到我終於尋覓到一份工作，祝賀我之餘也會追問：怎麼會想做這份工作呢？我說我只是在努力生存。他們有點狐疑地笑。

在我被吩咐的工作做完以後，我會偷偷用公司的電腦查動物園的照片。我在想，不斷在夢裡迷路的那個地方，究竟是哪一座動物園？臺灣總共有六座：木柵、新竹、綠世界、六福村、頑皮世界、壽山。

我打開六個頁面，交相比對它們的照片。在我夢裡的那個動物園到底是哪一座呢？最初我排除的是木柵。我想每個出生在臺北的人，國小都有很高的機率會去過一次木柵動物園，畢竟那是戶外教學的熱門選項之一。

我對那次去木柵動物園的印象很深刻：大家搶破了頭要去看林旺，但那天林旺心情似乎很差，躲在了一個很難看見的角落。所有人激動地邀請牠，牠都毫無反應，最終我們只看見了林旺緩緩甩動、百無聊賴的象鼻。大家對此很有反應，紛紛揮舞著雙手，期待林旺看他們一眼。

事隔多年，等我已經讀大學時，我去看過林旺的標本。牠看起來比童年時期我見過的牠，還要有精神許多。

跟當時的女友順路去看了當紅的團團圓圓。我們擠在潮湧、排隊的國小生之中，從他們滿足的眼神裡，我感覺到一種延遲抵達的快樂。

新竹市立動物園全臺最老，建立於西元一九三六年，我想像它剛創建的樣子：一座日治時期新竹州的兒童遊園地附設動物園，當時想必也有一堆孩子搶破了頭想入園吧？這些孩子的命運後來如何了呢？

現今，這間動物園裡的舊老鷹籠舍很吸引我，它曾經是猛禽受傷後的中途之家。「為了友善動物，未來不再將猛禽關於鐵籠之中，讓它成為一座歷史建築。」介紹裡這麼寫。我彷彿可以想像，一堆禽鳥佇立於鐵籠之外，反把鐵籠包住的場面。綠世界生態農場實踐了某種鐵籠的概念：他們做一個更大的園，把鳥類都放進去，人進去以後，也被這些禽鳥包圍。到底是誰包住了誰，我覺得這是非常有趣的攻守問題。

「你在做什麼？」

我沒聽見主管的腳步聲。他站在我旁邊笑，看著我電腦頁面。

「我在查資料。」我說：「我等等想擬一個提案，再寄過去給你看看。」

主管點頭，繼續對著我笑，我也對他笑。他很有深意地離開了。

每到中午十二點我會準時吃飯。

最初到職的一個禮拜，主管會找我們所有人一起吃餐廳，或是訂外送聚在會議廳裡面吃。

很忙的時候，我依舊會堅持十二點吃飯。時間一到我會放置手邊的事，像一尾刻意脫隊的魚，鑽出辦公室。

有時我吃完回來，換其他人不在。辦公室裡只有空調穩定運轉的聲音。我很享受這種暫時的安靜。

我這樣幹了幾次，後來就算能一起吃飯，其他人也會默默地離席，不會再問我了。

昨天是這樣，今天是，明天也會一樣。想不出不在十二點吃飯的理由。

吃完午餐，我繼續查我的動物園。

六福村跟壽山的主打星之一是白虎。我覺得自己跟白虎不太來電，反倒是找到紅毛猩猩盯著玻璃的照片，頗堪咀嚼。牠們的眼神非常慵懶、無神與呆滯。狐獴可愛極了，我以為牠們總是很快樂，如同當年圍繞著我的那些小學生。

「你的提案呢？」主管問我，「我沒有收到你的信。」

「快好了。」我說，「我等等就寄。」

「哇，你看了一個禮拜的動物園。」主管說：「我很期待你的動物園提案喔。」

他對我笑，充滿深意。下班後我走在騎樓中，伴隨夏日傍晚的悶熱以及天空整層灰色的漆，花大量的時間去咀嚼那種深意。

有時，我會自動想把每一件檔案鉅細靡遺地歸類、修改某份文件與下標、預寫企畫案然後再預報下一個月或下下個月的案子，雖然寫了也只是等著被推翻或被認同。雖然領的薪水都是固定。但老闆很可能會來拍拍我的肩，說我某個案子幹得滿漂亮。繼續保持。我們需要這樣充滿熱情的年輕人。

我並不討厭這樣的日子，領薪水是生活中神聖、重要的事。

想到那名一起玩band的朋友數年前決定要去從軍，那時還有聯繫，我問他：「這樣好嗎？」他說：「沒什麼不好，其實不差。」我下意識地說：「差很多吧，軍營壓抑而且封閉。」他想了想，提起一件事：「那你過得好嗎？C過得好嗎？」C是我們共同的一位友人，輕生未果，雙腳嚴重骨折。我們探望C時，C態度輕浮，說：「我連去死都沒有成功。」滿屋子都是我們淡淡的笑聲。

我準備過馬路，抬起頭，一輛機車朝我筆直撞過來。

對方的車頭燈很亮，刺得我眼睛倏忽感到巨大的痛。

我只來得及躲掉一半。對方叫了警察，我被一輛小型的救護車載走。

救護人員問了幾個問題，要確保我的意識是否清醒，身體有沒有哪裡不太舒服。我一一回覆，而且也十分坦白地說，自己沒有哪裡感到特別不適。

他們替我做了全身的檢查，看報告的時候我才發現自己的視網膜其實破了好幾個小小的洞。整個過程裡，對方一再強調這個過失完全起肇於我想闖紅燈，但我並沒有這麼在意。

我其中一隻腳有點骨折，所以向公司請了一個禮拜的假。

主管准了我的假，最終他沒有問我動物園提案的事情。

不曉得為什麼我因此感到有點失落。如果他進一步問了，我說不定能真的擬一份和動物園有關的行銷提案給他，做出一些與眾不同的東西。

畢竟不是什麼嚴重的傷，我一拐一拐地在老家的周遭散步。我的父母搬回了他們南部的老家，把前半生的居所留給了我。

我的生活仔細一想沒有什麼彈性——兩點一線，朝九晚五，幾個朋友常在 line 要約，約到後面從來沒有出來見面。偶爾也會看電影，不過並不想在影廳跟人近距離太久。於是串流平臺買了好幾間。影集一輩子看不完，總是看到一半就有更新的上線。

我重複走在同條路徑，卻期望自己會有不同的感覺。

然後，我很確定自己當時看到了一條猴子的尾巴。這個發現有前因後果，首先，我感覺自己遭到奇怪的目光注視，但是不管怎麼回望，或是藏匿，甚至是一股勁地衝上前，我都沒辦法看到是誰。我唯一的線索是我餘光中，一條迅速收起來的猴子尾巴。

我想起小時候曾經在祖父母南方的深山老宅中，看過許多暴力嬉戲的猴子。牠們成群結隊，偷東西，傷害後園的雞。因此我對牠們的尾巴印象深刻。彼時我經常看到對山的斜坡，兩個男孩子在那裡將空瓶子擺成一列，認真地投石入瓶。有一晚，他們甚至用大量的煙火將整個天空炸得流火遍布。

至今依然有些時刻，他們製造的燦爛夜火會浮上我的心頭，不期然地彌補了我無法說明的孤獨。

因此我看到猴子尾巴才這麼意外，一心要追。

我沒有成功，卻看見更錯亂的畫面。

我拐了彎，面前搬貨的司機大哥，天靈蓋緩緩爬出一尾青竹絲，倨傲地看著四周。青竹絲兩眼空靈，轉頭看向我。司機大哥忙進忙出，青竹絲的頭也一晃一晃。

「少年吔！毋你是咧看啥小？」

司機大哥擦汗問我。頂上的青竹絲目露凶光，蛇信伸縮。

我不太敢確定自己遇見了什麼。

另一個雨天，對巷的一名女人撐著透明的傘等九十秒的紅燈，忽然我就從她的胸口看到一隻正在棲息的紅色蝴蝶。鳳蝶從女人的領口飛出來，穿越重重的雨滴而去。

有時是一隻，有時是一群，蝶從女人的傘下流水一般，四面八方淌開。

我舉著傘，綠燈時，過斑馬線，與那個女人錯身而過。

拖著笨重的腳，我踏上人行道。回頭望著女人小小的背影從我的視線消失，看著那些蝴蝶埋沒在細雨之中。

同天，某個男人推著嬰兒車自我面前經過。雨罩裡，嬰兒抱著一頭年幼的鱷魚，正斜瞥著我。牠微微張開自己的口，好像要說些什麼，卻始終只有不斷地呵氣。

想過要同C或是誰講這些事，而這又要怎麼開口才不會被人當成玩笑。

思慮許久，還是打給了C。我自己開頭，說我腿斷了。

C說，我腿也斷過，你是怎麼斷的？

被人撞，我說，但我最痛的不是腳，是我的眼睛。

C說，醫院沒檢查出什麼嗎？你現在住院嗎？

我說，覺得沒什麼事就跟他們說我能自己走回家。定期檢查就可以了。

C說，事情不是這樣處理的。你這樣搞，很多事都是自找的。

我問他，我自找了什麼？

我們陷入一陣靜默。最後C說：「骨釘拔完之後，醫師照我的X光，說我復原得很好，我現在偶爾還會慢跑。給你參考。」

我說：「一點後遺症都沒有？」

C說：「沒有吧。」

我們掛掉對方的電話。

回到住家，我打開冰箱，發現家裡已經什麼也沒有。

曾經我以這樣的沒有為傲，還非常刻意迴避掉任何想進入家裡的人事物。

洗完手，復又出門，採買一些準備這週可能會煮的食材。這時雨變極小，我便不帶傘。而整個城市依舊是一層淺淺的灰。

我走到附近的一間全聯超市，發現四周都沒什麼人，可能是剛剛已經下過一場滂沱的雨。我走路變得很慢，偶爾會引來一些人的側目，這些人身上當然也有一些奇怪的動物。我努力不去注目。

十分鐘，或者二十分鐘，我以極緩的速度來到了超市門口。準備進入超市時，聽見了非常非常巨大的象鳴，如同大雷降閃。我心臟因此劇烈跳動起來，回頭掃視周遭，沒有任何人對這個聲音有半點反應。

我感到害怕，勉強拖著還無法如常行走的腳，盡速把想買的食材丟進籃子裡面結帳離開，肢體跟不上心理，所以滿身盜汗。鐵定是這個緣故，所以人們看我便感覺怪，與我保持距離。

在整個過程裡，我的腳一直處在被持續電擊的狀態之中，骨頭幾乎散盡。

返程中我沒有遇到任何一頭象，一隻兩個手掌大的烏鴉卻從我掛在玄關的老時鐘裡振翅飛出，掉了兩片羽毛。

牠十分自然地落腳在我的頭頂上，我感覺到頭皮攀附著尖銳的爪子。

烏鴉說，我正在為我的生活守喪。

我忍不住翻白眼。這烏鴉幹麼背老劇本的臺詞？都什麼年代了。我說，我每個月領兩萬九，還要扣勞健保，我都沒有守喪了。

烏鴉說，你曾經把我養死，你知道嗎？

我說，我這輩子養過魚、養過老鼠、養過鸚鵡，就是沒養過烏鴉。

烏鴉在我頭頂上跳，爪子把我扎得有點痛。

我正想罵牠，視線正好飄到牠飛出來的那只時鐘。那只時鐘已經停了，我根本不知道它什麼時候停。有了手機跟智慧型手錶之後，我還真的沒看過它幾次。

懂了吧，我是被你養死的。烏鴉叨叨絮絮。

我叫牠閉嘴，牠卻一直發出很惱人的噪音。我將鬧鐘從壁掛上拿下來，換上了兩顆新電池，把時間調到正確的位置。

秒針重新跳動的那一刻，我聽見我家的二樓有重物踩踏腳步聲。

一隻猛獁從樓上舉步維艱地走下來，抱怨自己的關節炎，捲著欠費的勞保單，用長長的鼻管把勞保局的信摔到我的餐桌上：「為什麼我的雇主都不去繳費？」

烏鴉伸縮自己短短的脖頸，聒噪地說：「你的象牙是長好看的嗎？你應該把你的象牙指向你老闆。」

猛獁坐在我倆中間，木地板發出深沉的哀號。猛獁說：「他會把我的象牙砍掉，拿去賣。然後我就會越來越瘦瘦到只剩下皮包骨。」

「剛才的象鳴是你發出來的嗎？」我說。

「什麼？」

「我說，我剛去超市買東西，有一個很大的象鳴，是你發出來的嗎？」我很不耐煩。

「你有病嗎？」猛獁嫌惡地說：「你沒看出來，我已經很不舒服了嗎？」

「你為什麼就是不能回答我的問題呢？」我說。

「那你怎麼就不能睜大眼睛，看看我們呢？」猛獁把我桌上的繳費單吹起，掃得我滿臉都是：「那輛車幹麼要撞你？」

我火大了起來：「都給我滾。」

猛獁學我的語氣：「你怎麼就不回答我的問題呢？」

牠弄亂的單子，在我眼前雪片般散落一地。

在這紛飛的亂雪之中，睡意鬼一般地突襲進我的腦子。我踏過這些單據，與猛獴擦身而過，回房睡覺。

我的睡眠時間變得越來越長。

我本就是淺眠跟容易不眠的人。但是請假的這幾天，我每日都睡超過十個小時，而且醒來以後依舊很快就會充滿勞累。在整段深深的睡眠裡，我甚至沒有進入任何夢。

我在想是不是我視網膜那幾個小小的洞在作祟。這麼想的同時，我感覺自己的眼裡面有些地方癢癢的，而我搔不到。

隔日起，我的散步開始跟著兩隻動物。

然而並沒有人在意。畢竟根本沒有人看見什麼動物，除了我自己。

我很意外自己認得出那是一隻猛獁，歸功於我上班的那陣子天天查動物的模樣。我一眼就看出那不是林旺那一種亞洲象，牠是早就絕種的長毛象。「所以，我其實也算是死了。」猛獁走在我的左邊，慵懶地說。

我根本沒聽清楚牠前面說了些什麼，我自顧自地思考著自己的事。我跟猛獁說：「你他媽從一開始就不存在。」這隻猛獁甚至有完全不存於世的雪白毛色，我肯定那並不是披著雪。

這頭猛獁不正常。

我剛跟猛獁說完話，轉角的司機大哥瞪了我一眼，不確定我是不是在對他講。他頭上的青竹絲一直吐信，目透凶光，發出嘶嘶的低吟。

「你不在意任何東西。」烏鴉踩著我的頭。我怎麼攆，牠就是不滾。

「你天天散步有什麼用？」烏鴉又說：「逞強不好。」

「你可不可以閉嘴？」我說：「我可以過好自己的人生。」

猛獁一聽，被逗樂了，發出非常難聽的笑。我說，「這有什麼好笑的？」

「你有沒有問過你的腳，他想不想被你這樣對待？」猛獁說：「一定沒有。」

「請問一下腳有自我意識嗎？」我非常生氣：「腳被撞到是我自己選擇的嗎？」

我散步的心情毀滅殆盡，立刻折返，心裡忿忿不平。我已經很久很久沒有對一件事情這麼生氣，一頭不存在的猛獁憑什麼評論我生活中一場小小的意外？

實在太想睡了，睡前決定簡單煮個水餃。我的廚房不夠大，猛獁進不來。我很慶幸牠被擋在外面。

我把鐵鍋盛水至七分，開火等水滾。這時烏鴉說，「你喜歡養動物嗎？」

我說，其實滿喜歡的。

烏鴉說，那你為什麼把動物都養死了呢？

我說，我不是故意的。我打開水餃的套盒，拿了醬油跟香油，跟幾顆全聯買回來的蒜頭。

烏鴉說，我很好奇你到底怎麼看待「生命」這件事？

我拿菜刀把蒜頭拍碎，丟進醬料碟，清理砧板跟小菜刀。廚房的窗口，一盆被我擱置的多肉植物枯萎多時。萎黃的葉子垂倒在土黃色的塑膠盆栽裡面，土的表面已經乾得龜裂開來，結成好幾大塊。

這時，鍋子裡的水慢慢燒開。我便把二十顆水餃，一顆一顆緩慢地丟進去。我握著長筷，在逐漸浮著白沫的滾水裡攪拌，不讓餃皮黏在鍋底。我讓水餃反覆煮滾了兩次，烏鴉沒有再說話，最後我拿著撈麵勺將這些水餃盛入我的盤子裡時，發現破了好幾個，是被我用長筷子戳破的。我算了算一共七顆。在整個過程裡，我很慶幸烏鴉後來一直沉默。

吃完水餃，我洗了一個漫長的澡，慶幸終於可以上床睡覺。連洗澡也感到睏，這種睏是源自於眼的疲憊。我覺得我的眼皮一直承受著無以名狀的刺激。

進到房間後，我打開那盞我擺置許久的夜燈，那是一個土星燈，多年前的一位情人將它精緻包裝，然後說「這樣你的房裡就有趣多了對吧」。當時我並不知道有趣在哪裡，但今晚我開始發現了它的價值。

打開了暈黃的燈光，整個房間像是重新展開了一次黃昏。我蜷縮自己的身體，在這鵝黃的燈光中進入了睡眠。

因為土星燈都還是亮著，所以看得特別清楚：當我睡到一半迷濛地睜眼，猛獁從我的房門外探了一顆巨大的頭進來，牠的象鼻是一根柔長的水管，一路延伸到我的脖子上。

牠的象鼻在我脖子上捲了一圈半，牠圓渾、悲傷的雙眼盯著我，而我根本不知道牠已經這樣多久了。

烏鴉站在猛獁的頭頂，延續著整個夜晚的沉默。

我在黃昏的光裡和這些動物對看。

在驚駭中，我一直在思考：牠要扭斷我嗎？為什麼牠不繼續呢？

我的眼睛在那時一陣劇痛，不得不閉上眼。並且在非常詭異的心情中又陷入了昏沉的睡眠。

隔天起床時，牠們卻一副什麼事也沒發生。

無論牠們講什麼話，我都當作沒聽見。

想起我請的假已經要結束。擔心若繼續這樣毫無節制地放任我的睡意，會威脅到我的工作。所以我去看醫師，掛了眼科。

輪到我的時候，眼科醫師說：「你要不要我順便幫你再掛骨科醫師，複診一下？」

我想了想，答應了她。

我向眼科醫師詳細陳述了我的症狀（但並沒有說看見了什麼），她幫我做了很精密的檢查（而烏鴉及猛獁非常好奇地觀看）。她說，看起來就是有一些小小的洞，可能要幫你動個微創手術——因為不把這些洞口封起來，很可能會連帶引發視網膜剝離。風險沒辦法估算，要看你個人的生活習慣。

烏鴉這時開口說：「喂，你還沒回答我問題。」爪子微微刺入我的頭皮。

護理師替我點了散瞳劑，讓我閉上眼，靜候十五到三十分鐘，瞳孔散開了才能做。

我靠在候診間的椅背上，仰起頭，感覺眼皮子外的日光燈。

被帶進手術室的時候，我非常緊張。默默冒起很多手汗。

睜大眼，不要動。她這麼說。一道紅色的雷射穿進我的眼球，我首度感覺到，眼球裡有個發熱的光，在溫柔、炙熱的移動。

其實我會痛，不過這種疼痛我還能忍受。

手術的過程很快，畢竟只是微創手術。我以為過了很久，其實不過就是半個小時。

你可以直接回家喔，明天記得來複診骨科。護理師說。

我點點頭，說了聲謝謝。

我看到的一切都很模糊，只剩下一堆輪廓，我盡量扶著牆壁，看地板，只要是散光眼睛就不會瘦。

我叫了計程車，回家以後我的視線才逐漸清楚起來。

我的帳單掉了滿地，我一張一張撿起來，整齊地放在桌上。

坐在沙發上，我凝視著自己成堆的帳單，發現自己看不見了——我看不見烏鴉跟猛獁，也聽不見牠們的聲音。

眼睛做完手術之後，就再也看不見任何一個從人體爬出來的動物。

然而牠們的聲音，彷彿還在我的耳邊迴響：喂，所以到底什麼是「生命」吶？烏鴉說。

骨科醫師替我診療，他說：你復原得挺好的，盡量不要做太激烈的運動，基本上應該不會有事，我們保持追蹤，你兩週後再來一次。

我說好。

亦想起C在電話裡說的：「我恢復得挺好，還能慢跑。」

隔天我回辦公室上班，我打開筆記本，開始安排整個禮拜要做的事情，鉅細靡遺。

主管中午經過了我的位置，問我：你的腳怎麼樣了？

我說：沒我想的那樣嚴重，也不如我以為的可怕。

他點點頭說很好，便離開了。

請了一週的假，我的工作量累積不少。倘若我的主管忽然來關心我的近況，現在我可以非常篤定地告訴我的主管：我對我的工作充滿了熱情，我只是不能保證，這樣的熱情我可以保持多久。

我會盡量。

待我再回過神，已經下午兩點多。肚子很餓，起身的時候，發現許多同事正各自提著不同的便當回來，回到自己的位子上。

原來他們本來就分開吃飯，而我怎麼會現在才發現這種無聊的小事呢？知道了也根本毫無意義可言。

我走到了公司後頭新開的一間便利商店，買了燻雞飯糰與果菜汁，出來以後坐在路邊設置的一張爛爛的鐵椅子，上面還有些髒汙。我拿出隨身的衛生紙擦拭，然後在那緩緩撕開我的飯糰，迎著燠熱、乾燥的風，咀嚼冰冷的飯粒。

一臺寶藍色的敞篷車從我跟前的馬路疾駛而過，輾過一只塑膠袋。那塑膠袋飛進了我常常經過但從未認真走進去的巷弄裡。塑膠袋從我視線消失以前，還在巷子口輕飄了半秒。

一面吃著飯糰，我索性起身走進那條巷弄。

巷弄鋪展出我沒想過的風景。我走在停滿機車的騎樓中，寬度一個人走正好。一路上，我經過機車行、鐘錶行還有鑰匙行。全都沒有客人，老闆或老闆娘們只是默默注視我唐突的一場經過。

最後，我停在修鞋的小店前面，看著自己的足尖，想不起來這雙布鞋原本到底是哪一種白色。現在，鞋底都快跟我的後跟護套脫離了。我怎麼也都沒想過要把它修好呢？修鞋的老闆看我停在他的店門口，於是主動走出來問我：「你想修你正在穿的這雙鞋是嗎？」我一直沒有回答。

再度遇上烏鴉與猛瑪，是多年以後的事。

連續上了十四天班的我，身體終於支撐不住。一回到家就把東西全部朝玄關扔，洗完手，走進臥房衣服也沒換，就狠狠地趴到床上，把臉埋進枕頭之中。

我的意識潛入一條無限延伸的河，朝深處持續前進。我感受到自己的呼吸暖熱，暖流把我自己包覆起來，使我安心。

這條河把我送回了黃昏的動物園。

人影緩緩四散，我依然站在中央，卻已經不再緊張，不去攀爬那充滿白化珊瑚的玻璃夾層。我非常非常珍惜，到處閒逛，走一走便開始凝視起不遠處一處巨大的電網。良久，裡頭一頭雪白色的猛獁緩緩出洞。牠看著我，很緩慢地流下一滴並不起眼的淚。此時天空上有隻閃電飛過的烏鴉，伴隨尖銳的鳴叫。猛獁瞥了眼那隻烏鴉，跟著發出一聲沉沉的象鳴——而我當然聽不懂牠們在說些什麼。

二〇二二年五月

兩母

要獨自走進那座山，最難的不是體力，而是相信母親在山中的某個角落。

客廳那座魚缸的打氣機像從沒停下來的某種腳步。我正在房內準備行李：手電筒、毛巾、行動充電器等物品散落一地。撿拾這些東西時，容易錯覺自己其實捏起的是一片片拼圖。

耳邊，電視機恰好播放一則新聞：八旬老婦遭集團詐財……

母親比較年輕。腦袋也好，沒人能夠騙得了她。從小，她最愛告誡的都是：請你誠實、腳踏實地、己所不欲勿施於人、天底下沒有白吃的午餐。只是這些信條並沒有成功影響我的父親。他朝這些箴言的反面積極地出發，做一個釜底抽薪的夢，醒來後只留給他一筆咋舌欠款，將他火速燒回了家。

「看到了沒？這就是報應。」她說。

那年我高中畢業，考進一間分數不用很高的私立大學。那天下午剛辦好就學貸款，就錯愕地發現自己債務還沒開始償還，就已被加成追討。父親卑微地道歉，坦承戶頭餘額是碎掉的玻璃，拼不出一個能看的數字。滿桌子報紙，攤開的都是求職那一頁版面。從此之後，他攬下了所有家事，退化成一幀駝背的影子。家裡的話都是他在說，無論是笑話或是廢話。

也不至於此後家庭不幸，或者毫無快樂。只是房裡所有的光，從此進駐了一層灰灰的色彩。關係間那道口子從未真正結痂，遑論癒合的可能。

印象中，那時打氣機就已經馬不停蹄地，再再提醒我與母親跑起來。

「你爸弄來的魚缸很吵耶。」母親一面撒飼料，一面說。

她走後，沒人碎唸那座魚缸，上次聽見母親叨叨絮絮父親的不負責任，到底是什麼時候呢？每次想到這裡，我都會心跳得很快，充滿恐慌，畏懼自己也忘了任何一點點細節。記憶是水，時間是墨，往一盆清水開始滴墨汁，墨汁就會成為迅猛的牙尖，把水瞬間吃成整個深色的模樣。

母親消失前一個月，我看著冷冷的辦公室。廢棄場撿來的擋板銅製辦公桌組，上面一臺電腦與一只手機。手機震動著。Line、微信、探探與各種不知凡幾的交友軟體，訊息同時雪片般飛來。

想起初入行的時候他常跟我說，做人不能貪，天底下沒有白吃的午餐。我困惑地說，我們不是才是最貪的那個嗎？我們去騙，跟別人去騙，哪裡不一樣？老闆說，今天你不騙那人，這筆錢也會被別的同行騙走。那你想自己賺，還是想給別人賺？

我認為最早的錯誤，都是從這裡開始。

我打電話給老闆，跟他說，今天起我不幹了。

我轉乘顛簸的公車，逕自出發前往山腳。這時間點見到許多博愛座。那些博愛座都是空的，公車裡人不多，老人們並不太去坐，有一種禮貌的尷尬，更多是對於自己年紀與體力的隱藏性驕傲，無法令我不去想起馬太太。

馬太太有與母親相悖的本質：她脾氣不好、神經質、眼睛裡充滿著銳利的鋒光。不曉得她以前經歷過怎樣的事，但我更願意相信這是馬太太原始性格。

她第一次替我開門時，甫踏入玄關，我就見到她客廳裡有許多張便利貼黏在牆上，上頭寫著幾串電話與名字，還有每日必須做的事項。桌上充滿雜物，不知有沒有飯卻正在插電的大同電鍋、亂飛的全開報紙、已經過度氧化的半顆蘋果，唯一有在正常使用的，就是週次藥物收納格。

「這是你自己寫的嗎？」我問。

「那不是廢話，我還期望你來替我寫？」馬太太果然沒有好臉色。她眼袋很深，內裡豢養著無盡的焦慮。

我走進公寓，坐在她的竹沙發上面。她行入廚房，腳步很碎，嘴巴一路叨叨絮絮，她與母親最大的不同是，她言詞裡的尖酸刻薄並不能用語氣裡的敵意直接解讀，畢竟這股敵意中裡面有一種尋求，尋求失落的感情，期待某個與愛相關的回應。有如球場上的盲投。

若非馬太太個性如此，我也沒有機會進到她家裡。

我聽見她開火，燒水，熱東西的聲音。竹沙發的右手邊有一只無線電話，後面的牆壁貼著一張黃色便條紙，寫著「兒子／許國基」，下面一串號碼。我斜眼看她毫無疑惑地背對我，我便扭頭伸手，瞬間扯掉便條紙，從桌上那一疊中，撕張新的，也寫兒子許國基，然後把電話改成我的工作 AB 機，貼回原位。

「養你這個王八蛋，電話打了也不接。」

馬太太做到一個階段，拿著鍋鏟出來指著我，眼睛有點紅潤，我分不清那是感動還是憤怒。

「不是啊媽，你電話根本寫錯了。」我指著我剛剛改過的電話。

「呸，就知道成天往外跑。」

「我這不回家了嘛。」

她皺了一下眉頭：「我怎麼會老記不得你的號碼呢？我明明每天睡前還有起床，都會背一次啊。」

我忽然有點緊張：「人忘東忘西是很正常的事，何況你年紀都這麼大了。」

馬太太聞言，反手把鍋鏟摔在地上，鍋鏟反彈起來，激起巨大的回音：「你說誰忘東忘西？你是不是想說我得什麼失智症？好啊。我跟你說，我不怕，我看是你先不要我，還是我先不要你。你信不信？我最不怕的就是死。我最不怕的就是死！」

我看著那鍋鏟飛過我的眼前，其實已經很習慣這樣的熊熊怒火。電話裡，馬太太的么喝喧譁，早就是我們之間的日常對話，也是我工作中必須忍耐的部分。

我看著兩眼圓睜的馬太太，「媽，如果你不怕死，那你怕什麼？」

馬太太沒講話，還在喘氣。喘氣中，我意識到她並沒有打算回應我。我撿起飛到我腳邊的鍋鏟，邊聽她喃喃著：「不肖子。這輩子白養你。你這個不肖子。」

馬太太拉緊身上的粉色大毛衣，明明中午陽光很強，她卻表現出很寒冷的樣子。她嘴唇發抖，好像很害怕，拿走我還她的鍋鏟，返回廚房清洗，並繼續料理。

我有些失落，因為我很想知道她的答案。

大約過了半小時，馬太太轉出廚房，扯著一只新的垃圾袋，把桌上所有髒亂不堪的東西都給整理掉。動作很俐落，三兩分鐘，桌子就全是乾淨的稜角，讓我一時錯亂，心想難不成她是在裝瘋賣傻。

她進進出出，又是三兩分鐘，一桌菜便在我面前迷離發散著熱氣。

「這些都你愛吃的啊。」馬太太說：「你電話裡不是說很想念嗎？快吃啊。」

「謝謝媽，」我拿起筷子，說：「外面都找不到這種味道。」

我看著整桌不屬於我的飯菜，知道這些食材在我要來的前一天她就已經在冰箱準備好。馬太太就坐在我的對面，怒色已經褪去，隨之而來的是充滿期待的目光。那目光我曾在母親身上見過。

那個叫許國基的男人到底去了哪裡，我並不曉得。他為什麼拋棄了自己的母親，我也不曉得。一齣錯位的母子戲，荒謬得令我想笑。既然已經無法回頭，也只能在裡面找到一些可能的意義。

我問馬太太：「媽，你有多久沒出門了啊？上次出去玩是什麼時候？」她在思考，然後愣住，總是溼潤泛紅的眼睛朝天花板吊著，嘴唇微張，整個人就卡在那，好像在回溯過往的時候，發現自己被光陰背叛與丟棄，頓悟的當下，身體就凝固成一塊透明的晶石。

我與這塊晶石對坐，心裡在想另外一件事，上次與母親和父親的旅遊應該是我國中二年級的時候。真的好久好久了。我們正是去爬山，那時一切都好，父親準備接工廠的主管，手下即將有一堆業務供他差遣。母親還對未來很有憧憬，有對家的藍圖，正準備要一一實現。

我們登的是一座並不好走的山，山道迂迴，陡坡很陡，所以爬得很慢，經常被許多人超越，偶爾還會招來白眼，我只是顧著喘，父親經常要喊停休息。母親則總是很有興致地左顧右盼，比起登山，更有種返鄉的雀躍。

當我們花了一整天，終於爬到山頂的時候，母親看著山下的城市燈光燦爛，說了一句，好美喔，真想再去更遠的地方。

想到這裡我突然驚覺，自己其實也被時光緩慢地背棄了。因為我的家庭也已經回不去那樣的美好之中。鉅款不是一串數字，它伴隨著日與夜的暴力，並一再用紅色的油漆桶告示我們並沒有自己的生活。

那天中午，我和馬太太兩個人各成為一塊石頭，彼此對坐，聽著樓下那條巷口川流不息的引擎聲，直到飯菜冰冷。

公車停煞的瞬間，晃得我終於清醒過來。車內早就安靜到只剩下風聲，沒有任何乘客。司機大喊：「先生，終點站到了喔。」

我點頭稱謝，下車後看著司機把車門關起來，緩緩開走。我雙手插著口袋，天氣很冷，車尾的排氣孔噴出長長白煙。

我看著電子錶，早晨七點半。開始有結伴而行的青年人以及年長者往登山入口慢慢前行。

❖

為什麼認為母親在眼前的這座山，是因為我對她當年的表情揮之不去。以及，當我和父親偶爾處在低潮時，她會猛然提到關於旅行的事。未竟的夢後來便以這樣的形式，鐫刻在她心裡面。

我認為母親狀態是特別的：她並不是失去行為能力。在這樣的情形底下，她猶然會提到遠方的夢，根源必然和那年的出遊有關。

我邊想邊走，見一位穿著厚重藍色外套的老人走得蹣跚，臉色偏紅微喘，我看不過去，走近問他：「爺爺，要不要扶你。」

他不好意思地笑，沒有回應，很靦腆。我攙著他，腳步放得極緩，問他是不是一個人上山。

老人家說，不是，他讓兒子先走，自己反倒在後面跟不上。

我說，我也在找人，不如就陪你走一段。

他問我在找什麼人。我說我的母親。他疑惑地問，還有年輕人會走得比自己父母慢的嗎？

我說，我就是。

他說，難為你有心，會陪母親來爬山。他最大的遺憾，就是在妻子過世之前沒能再完成她一個願望。

我好奇地問老人家，他的妻子有什麼願望？

老人家苦笑著說，哦，那個願望，連他妻子自己都已經忘記了，她已經什麼都想不起來。

我向他訴說，以前我也碰過類似的人，其中一位是獨居的老太太。

老人家問我，什麼意思，難道你在機構上班？

我說不是的，我到她家照顧她。

老人家說，原來是社工，真有善心，這樣的年輕人太稀有了。

我說，我不懂得怎麼討她歡心，她經常生氣，暴躁，想不起別人的臉。希望別人關心她，又總是把別人推開。為什麼她會這樣呢？

老人家拍拍我的臂膀說，因為她怕受傷。

我沉默許久。問老人家，不曉得您太太是個什麼樣的人。

老人家想了想，說，講來也是奇怪，其實我是被她騙的，當年她頂著別人的身分跟我相親，我跟她差點沒戲。啊，為什麼她會做出這種事？為什麼頂著別人的身分騙人？

我拍拍老人家的肩，認真地說，起碼您要相信，她對你是真心的。

我們走到了一個岔路，路口站著一個三十幾歲的光頭男子，看我扶著老人家，急急忙忙跑過來，說，爸你怎麼了，還好嗎？

老人家說，好得很啊，多虧這個年輕人陪我走上來。

我將他的父親還給他，說，我其實什麼也沒做。

他們繼續朝山上爬去，光頭男子跟我說謝謝，謝謝我照顧他的父親。照顧這個詞讓我不禁停下了腳步，和他們拉開距離。我想休息。

我與父親發現母親已經有了初期症狀時，完全無法推估這一切是從什麼時候開始的。每次仔細思考，彷彿都還可以推算到更早。這種懊悔可以一直往上淺淺的遞增。在爬梳整個過往的時候我才警覺，就算是我自己，記憶也不可靠，且充滿了極限，像有一堵牆，緊縮著裡頭的容量。

溯及往昔，我還能找到對話。發訊息給馬太太第一天，母親也撥了好幾通電話，問我好幾次，到底幾點要回家。而我出門前早已跟她說過。

一切警訊，應是從這裡為始。

「你真的不記得自己問了這麼多次嗎？」

母親瞪著我，「我今天根本沒問過你。讓開，我要去煮飯了。」

她開始建立自己的失蹤史。第一次，父親帶著她去菜市場買菜，他握住整把的青蔥，結帳，轉頭，她就已潛入攢動的人頭中。那次父親找了兩個小時，最後在菜市場的尾端找到了她，母親站在一個賣菜的攤車面前，對父親說：「你買錯了。」第二次，他載她到百貨公司，逛了許久，突有尿意，逼不得已上個廁所，她又不見了。到櫃檯廣播，也等不到人前來認領自己的身分。他每層都找，最後在影廳的某個角落，看到母親站在玻璃帷幕前看著底下的車水馬龍，非常入迷。

他問，「你為什麼走來這裡？」

她說，「我不知道。你說呢？」

「你故意的嗎？啊？」父親質問她，比起憤怒更接近無助。

母親看著父親，說：「你在講什麼？我們怎麼在這裡？」

緊接著還有第三次、第四次……每一次的時間都越來越長，逼迫我們不得不正視她的病。父親迷失在急躁之中，被內疚、痛苦以及責任遮蔽了視線。

而我開始倍感壓力。

萬一債還完了，母親卻沒辦法親自看見那樣的日子，那豈不是她只能記住壞的部分嗎？那她豈不是要一直住在某種地獄裡面嗎？對再後來的她來說，一切都會成為永遠的來不及。她想做的事再也沒辦法做，也可能會忘記對她來說最重要的那個願望。

就像馬太太一樣。

相對於母親的不定期出走，她則非常固守在自己的堡壘，她的家。她老是對著我陳述許國基以前的荒唐事。勒戒所、交保金、替人走私，對著我眼淚潰堤，說我終於回頭，她等這一天等得太久了。我心裡總是沉甸甸的，隨即想起母親，她的未來總會走到像馬太太這樣的階段：輪迴於一段過往，並馬上接續破碎的此時此刻。

她每轉一次帳，我就會到她家陪她吃一次飯。通常是午餐。然而，屢次我想轉身就走時，身體就會自動緩慢並且僵硬下來，接著一路和她聊到超過晚飯的時間——與其說聊，不如說傾聽。或者陪伴。

我看馬太太身體越來越虛弱，偶爾坐著坐著整個人就軟放在竹沙發上，我和她提議說，不要再煮飯了。多麻煩。交涉了好多次，她才終於願意讓我買點東西過去一起吃。我會買舊居附近的一間熱炒店，想起以前母親只要懶得料理，就會讓我去買三碗炒飯或炒麵，一個湯，兩道菜。現在我也照著這個模式買給了馬太太。

「國基，這些錢你到底要拿去哪？」

我說：「不是和媽說過了嗎？做生意、還錢。」我想了想，又說：「有多的錢，就拿去照顧別人。」

馬太太笑說：「這麼有愛心？轉性了你。」

日復一日。我知道這種生活過不了太久，經常混淆，慢慢不知道這一切原本切入的正確角度，進而導致整件事充滿認知偏誤以及奇怪的斜影。

唯一令我還能感到安心的事情是：越和馬太太繼續相處，我能還出去的錢就越多，而寄盼的日子也會逐步靠近……我所等待、我所忍耐，都是為了最後解脫的那一日。

當她的錢越來越少，我們的關係卻詭異地越來越緊密：我關心她在我沒有來的時候是否有穿好吃飽，並替她整理亂糟糟的客廳與總是沒人清掃的地板。然後教她使用手機，整理 Line 裡面多餘的垃圾訊息。她的進步在於會秒回、買長輩貼圖洗版我。有次，馬太太同我說：「國基啊，我這輩子沒想過，還能跟你說上一句話。」

以前的許國基是個逆子。凶狠，無懼，母子破口大罵，壞話說盡，關係像暴風中的一盞蠟燭。後來就不再回來，留下戰戰兢兢的馬太太，待在越來越破敗的居所裡面；而回來後的許國基同樣是逆子。愛錢，虛偽，母子融洽和諧，蜜語說盡，關係也只是海市蜃樓。

「媽知道你回來是為了錢。可是，媽也真的要沒錢了，我真的要沒有錢了。拿著這些錢好好做生意，好不好？答應媽，好不好？多多回家，好不好？」

最後一次替她買午餐，馬太太反覆地對我這樣說。我認知到她離發瘋可能沒有多遠，我離她支票上那幾十萬也只有一個伸手的距離。

「啊，拿去，拿去。我沒錢了。」

然而我想起家裡的欠款。想起母親。她的病，以及父親戶頭裡的支離破碎。

我伸手握住那張薄薄的紙，只猶豫了半秒。

我很清楚自己來的目的，矯情過頭就不像個人了。

只是，人如果跑得太快，好像就容易忘記自己的位置。

我就是這樣，妄想可以多賺點錢、多了解馬太太、多掩蓋自己的罪惡感……。

這一切依序發生，然後穩定地亂了套。

捏著那張支票，收下後，再也沒去見過馬太太。

後來整整一個禮拜我都毫無食慾，那支票象徵著什麼，我心裡非常清楚，但我暫時不想面對、不想讓它這麼清晰。所有事情我都做到了，同時覺得我即將失去越來越多東西。

在夜燈清冷的街道上，我很常漫步，迷失在我認不出的巷子口。
連日的晚歸讓母親敏銳地問我，你最近在幹什麼？
我說沒有，在全家上下班，很忙，也很正常啊。
她看著我。這深深凝視中，也許早就穿透了我的謊言。

❖

山中步道兩旁的野草瘋長，或垂降或在我腳邊狂野鋪張，彷彿在替我掩蓋不堪的足跡。
爬山的人始終零零落落。那對父子早就遠得看不到背影。而我重新開始徒步爬行。我走得很慢，沒有刻意，而是我的體力始終跟不上。幼年時期的我如是，今天的我如是。我的速度從來沒有辦法比母親還快。何況照顧。我還能照顧誰？我還有資格去照顧誰呢？

爬了十幾分鐘後，手機顯示好幾通未接來電。原來是父親。他急著打給我，問我跑去哪裡。好像失蹤逃跑那個人是我自己。

我冷靜地說，我去找媽了。

他問我去哪找，搞什麼，為什麼總是都要一個人亂來？

我說，不然我要交給你？

父親聽我的語意不善，短暫的沉默之後，問我中午以前會不會回來。

我說我不知道。

他說，再找不到，就得通報了。

我說，嗯。

他說，不管怎麼樣，在外面注意安全，記得吃飯。

我在等父親掛電話，但他一直沒有，好像還有話要說。

我說，怎麼了嗎？

他說，未來不要再勉強自己。這樣的日子沒有必要，畢竟一切都已結束。

我驚訝地問他，為什麼這樣講？

他說：「因為你媽給了我那張支票。」

那張支票讓我迷茫在各巷子口。每天我都在組織我的說詞，以便和母親說明：我們已經有足夠的能力將剩下的欠款還光。所有快樂、悲傷、高昂與低潮也在那時通通被藏起來。我陷入一種前所未有的沉默。

我的老闆這時卻打趣地說：與時間競賽是有代價的，起碼這次你贏了。

我贏了？我開始厭惡他語氣的同時，感到深深疲憊。

那一晚母親沒有煮飯。我從舊居附近的熱炒店買了四菜一湯。回家後，看到客廳空蕩，她要我坐下，語氣冰冷。

我坐下後，她拿起那張，我一直藏在外套內袋裡的支票。我那天出門沒穿，她要拿去洗，反倒被她揪出。

她問我這筆錢從何而來，不要再欺騙。她不記得今天幾月幾號、也對我們規律的作息誤記，然而她敏感的覺知卻沒有退化，反而更銳利地指向我。

我沒有回應，打開我包回來的那些飯菜，然後一個一個撕開保麗龍長盒，肉絲炒飯與炒麵、辣炒空心菜、蛤蜊湯……。

我說辛苦工作賺的。

母親說，我講過，你不要再欺騙，還編得這麼爛。你根本從來就沒有到你所說的那間便利商店上過班。沒人認識你。你不在的時候，我都去找過了，你根本不在那裡。

我看著滿桌飄搖的淡淡熱氣，心想這輩子不斷被教導著誠實，而倘若此刻不說，她以後也未必記得這場問答。可是，在母親什麼都記不得以前，我都沒有跟她承認我犯下的最大錯誤，那麼以後我會怎麼看待我自己呢？母親還有辦法回應我嗎？那時的母親會是怎樣的母親？

那一刻我才明白，我所有欺騙都在等待這場拆穿。

我忍不住流淚，事後便怎麼都想不起來：我是怎麼向母親坦白我這幾個月如何在兩個渴望兒子日夜在側的女人間，混亂地切換。

極長的寂靜，讓母親臉上誕生了濃厚的哀愁。這份哀愁開成了花，花語是我這輩子都難以言喻的某種表情。她好像想說些話，可是詞彙總是一上到喉間，就不斷被拆掉：她找不到適合的表達，於是就這麼痛苦地纏繞下去。

她啞了很久，也可能此後無意發聲。「呂明聲，你真的很該死……。」多麼乾淨的表達，沒有嘆息，也沒有任何一件物品受損，沒有人被激動地斥喝。畢竟該說的早就說完，不願說的也已瞭然於心。

我為自己親手結束了這場令人痛恨的賽跑。但並無人慶賀，一切在衝過終點線的瞬間就急凍起來：包含那些來不及結痂的舊痕，與新傷。

賽局已了，魚缸裡的打氣機卻還兀自「啵啵啵」地跑。

自那天起母親的記憶力開始驚人衰退。她如灰飛散的記憶，是最灑脫、最極端的逃離，並且越退越後面，像不願再被這個世界發現。

❖

父親早就把電話掛掉，反倒我一直握著手機，有話想說卻張口無言。

如果可以趕在中午以前找到就好了。也許父親就可以不用報警，一切都可以暫時回到原本的位置。

如果她還記得我，我想跟她說什麼呢？我至今都還拿不定主意。

一對母子和我反向而行，應是從另外一入口上山，準備回程。

年約十歲的弟弟說：「大家都說上面的阿姨從昨天晚上就站在那裡，她不會餓嗎？」

聽到弟弟這麼說，我猛然上前攔下那對母子。

「不好意思，請問上面的阿姨是不是長這個樣子？」

我從包包拿出母親的照片，用手指著。

那母親瞪大眼睛說：「你是她兒子哦？快去把她帶走啦！她一個人站在那邊多危險。」

她話沒說完，我就往上跑，邊和那對母子說謝謝。

到了山道最高處，不少人圍在母親身邊，慌張且不知所措。因為她越過了安全線，站在非常邊緣的崖邊，再往前兩三步就會失足。一個人佇立在那，不曉得已經站了多久。她沒有駝背，直挺挺，像一棵本來就生長在這裡的樹。

我穿過人群，大喊了一聲，媽。

她轉頭，用看陌生人的眼神看我，然後就轉回去了。

我走近想確認是不是她，母親卻感知到有人靠近，馬上移動腳步，略為閃躲，頗具警覺心。

我無奈之下，說，抱歉，我沒有惡意，請問我坐在這裡可以嗎？你不要再動了。

她看我一身狼狽，笑著說，當然可以啊。

短暫的無聲後，我問她，你為什麼一個人站在這裡？

她迎著光說，我醒來就在這，而且我還想去更遠的地方。

我在她旁邊，眼裡忽然溼潤得只能看到沒有形狀的淺金光暈，「我陪你去，你不是一直想看極光嗎？今天回去我就開始看機票。我們現在錢夠了，真的，到哪都可以。」

她忍俊不禁，「你媽知不知道你對陌生人開這種無聊玩笑。」

她當然知道了。她會知道，就算她忘記所有美好的事情，也還會有人繼續陪她把日子過完。沒人會逼她記住醜陋的巨大縫隙，她可以不用知道我們是誰、不用知道我是她最討厭的騙徒。我會試著讓她只需要記得，不管是以前，抑或以後，眼前這個年輕人都願意做她兒子，並盡力完善，就像把一座路徑崎嶇的山緩慢地爬完，這樣就可以了。

起身時我把腰彎得極低極低，彷彿正對著誰的母親深深懺悔。

二〇二二年教育部文藝創作獎小說組優選

年獸

有些話說出口的瞬間就會失去價值，我很早就明白這個道理，即便我只有十歲。

佇立在忠孝復興的 SOGO 百貨，玻璃帷幕像堅硬的水，時常折射出令我眼睛疼痛的黃昏。每個禮拜三下午，我都會被帶來這裡，搭電梯到頂樓補習，學奧林匹亞數學。

奧林匹亞數學最惹人厭的地方並不是迂迴的算式、也不是毫無邏輯的離譜命題，是就算已經看到解答，也還是不知道為什麼。我想自己是那種就算被告知結論，還是無法明白問題出在哪裡的人。

而像我這樣的人，有自己的活法。我從老師的辦公桌上，從他的抽屜、櫃子上，悄悄地偷答案卷。努力抄、用力抄。我覺得自己算很有骨氣了，畢竟我堅持寫完作業。

等到要繳下一期學費，那中年而滿頭白髮的老師推了推他的四方眼鏡，和我媽說，你確定還要讓他來學嗎？

我媽很堅定：當然要。

我也曾跟我媽提出抗議：我對這個一點也不感興趣，不要再讓我寫那些算式了，無聊。

我媽聽見我的反應，卻反而變本加厲。這下子，除了奧林匹亞，還加碼要讓我去學口風琴、水彩畫，我的行程在課後被安排得亂七八糟，還很滿。

我開啟了通往各地的旅程。每個禮拜，總是有好幾天是搭著捷運，被一層一層包覆起來：先是走入地底的捷運站，再來進入車廂，最後是比我高大的成人影子。這就是我被我媽牽著手從一地走到另一地的過程，我的每一天，是可以拆解、折疊的樂高。有時平坦如廢墟，有時層層林立。

有一次，我媽想留在一樓，逛彩妝精品專櫃，讓我自己上樓。我故意搭到不同層，想用走樓梯的行徑，拉長走到教室的時間。當我進入樓梯間，抬頭、低頭都看到彷彿無限延長、彼此複製的階梯與燈光，就讓我有種徹底的失望。

隔年我就非常堅定地拒絕了要去補習的事，我媽也露出了失望的表情。

相對的我也做出妥協：接受陪我媽回娘家過年的提議。這讓她難得地露出了喜悅。說真的，我又不能真的說不要——我可以影響這個家庭的決定，其實幾近於無。

我媽說，在她出生以前，阿公阿媽最初靠葡萄起家——大村那一帶，很多人都在種葡萄。但是從某一年開始，他們家的葡萄忽然就怎樣也種不好：果實長得越來越小顆，若不是長不出來，就是酸掉的比例特別高。他們試過了很多種方法，包含換肥料、換種子、休耕養土，最終也沒能讓這樁生意延續下去，田就像是「死了」。我媽跟我說這個故事時，想跟我表達的事情是：人生就算走到這步田地，也依然有活下去的可能。

車子爬坡，開始走進山路。直到看到整片都是檳榔樹，我才會知道靠近了我媽真正長大的家——不再執著於葡萄後，他們終於大展長才的第二個家。在車上時，我無時無刻在思考：這樣是不是只要暴雨就會土石流？但是，據說一次也沒真正發生過。他們說，裡面甚至還有許多人的茶園。

夜裡，車子穿梭在忽淡忽濃的霧中，每轉彎一次，就要閃一次大燈，並經過幾個殘破的隧道，隧道的出入口都垂降著長長的植物，綠枝擺盪。

我滿喜歡走山路的感覺，時平時陡。黑夜裡雙車的交會是我心裡最期待的時刻。

在車內沉默裡我想起他們問過我：會不會想要有個兄弟姊妹。

我說：「不會，一個人很快樂。」

我媽常說我看起來朋友很多，每個同學都跟我玩得很開心。家長都誇讚我乖、老實。我只想說誰不會裝一下，我每個同學都裝。

我想起奄奄一息的葡萄。果皮底下隱約發酸的一顆，沒人聞問的葡萄。

我們到的時候才晚上六、七點，山上已經除了路燈外沒有別的光源。寬敞的三合院裡，有停妥的幾部車。屋簷外緣垂掛著白燈，上頭圍繞著非常多隻飛蛾還有大水螞蟻，一再重複撞死自己的運動。

他們下了車，開始要我幫忙搬幾件很重的行李。人影稀稀落落，畢竟還沒開始過年。

打開要過夜的房間，裡面充滿了霉味，山上的房間總是有這種揮之不去的潮溼。整理房間不外乎就是把沾溼的抹布全部都擦一遍，開窗通風。我陪我媽整理完房間，她就和阿媽去談他們自己的話題，把我晾在一旁。到了這時候，他們往往希望我能馬上明白自己該要去做些什麼。

我累得半死，阿睿卻不知道在遠處看我忙多久了。他提著一大包紅色塑膠袋，慵懶地朝我走過來。袋子裡裝滿了許多方盒子跟細細長長的鬼東西。

阿睿是我媽第二個妹妹的兒子，年紀卻跟我一樣大。類似的題目我在奧林匹亞心算班看過，答案是：他媽媽生她的時候才十六歲。

他們家在山腳下的小鎮裡經營瓦斯行，春節反而是最忙的時刻，完全不休息。

能在年假期間在山上看到他非常難得。

阿睿跟我不同，在親戚的口裡他努力成癡，家教嚴格。只要沒考到前三，就會被竹條狠狠毒打。但是他從來不逃家、不回嘴、不叛逆，我不討厭他，我很敬佩他——因為從這個角度看，他活得比我更接近一個小孩被期待的模樣。

「嘿，今年我也提早回來了。」他在我面前，一個一個把紅色塑膠袋裡的東西攤在我面前，向我介紹：大龍炮、蝴蝶炮、霹靂炮、沖天炮、水鴛鴦、搖錢樹……

我問他哪來這麼多煙火？他說：「我早上叫阿公帶我去買的。」

我說：「阿公載你去買這些東西？被你媽知道，你就會被罵死。」

阿睿說：「那你等等就不要放！」

我很為難。因為我又想放，但不想被牽連。

而且，在三合院的空地放這些炮，實在太白目了，我們毫無疑問會被痛扁一頓。

所幸三合院鑲嵌在一個山壁之上，接著一道斜斜的長坡，走下去後，接連著另一條蜿蜒的山路，偶有車來。我們決定要去那裡施放。

阿睿從經年不散的那些牌桌上偷來了一個綠色的打火機，上面還貼著性感女人的清涼照。

他問我：「你知道為什麼過年要放鞭炮嗎？」

我說：「趕跑年獸？」

他說：「人比年獸可怕。」

「鞭炮才可怕哩，被它炸死的人可能比被年獸吃掉的還多。」我說。

阿睿沒應聲，我也沒說話，路燈下，我們看著四周陡峭的山壁，短護欄的破爛山路，一直有綠色的植物垂降下來，長長的枝節，瘋狂地覆蓋所有斜牆，然後燈光就顯得越來越小，把我跟阿睿照在裡面，還有一地冷冷的煙火。

接著，他把打火機放到口袋裡，把煙火一一收回塑膠袋，提起來往三合院的方向回去，也沒搭理我。說實在的，不明白他為什麼忽然賭氣。我一定得每件事都順著他的話講嗎？

面對他的不滿，我忍不住說：「幹！你沒有要放不會早點講嗎？」

講髒話真是充滿快感。

看著他的背影，想起記憶中初次跟他見面，是在山上改建的客廳裡。客廳裡一臺六十吋的大電視，兩旁高掛著各種匾額，如「茶中聖手」、「茶技精湛」、「特等獎」。正中午沒有半個大人。大人都聚在旁邊的空茶廠吃飯、喝酒、大聲咆哮。他蹲在地板上，看著一整排的螞蟻，把牠們一隻一隻捏死。

我走過去，蹲在他旁邊，我們任何話都沒有說，只是顧著一隻隻把螞蟻都捏死。但螞蟻永遠殺不完。久了，我覺得像在勞作。

他首先打破沉默，說，住臺北很好玩齁。
我假裝沒聽清楚，問他，蛤，你說什麼。
他說，聽說臺北有很多捷運，到哪都很快，是真的嗎？
我說，只有兩條，沒有很多，快有什麼用，我不想被送去補習啊。
他想了一下，問我，他們為什麼都不管我弟啊？
我嚇到，問他，你還有弟弟喔。
他想幹麼就可以幹麼，很自由。阿睿說。
那你跟我很像耶，我不想補習，我媽也是逼我補習。我說。
「哪有一樣。」阿睿發出很難聽的怪笑聲，像喉嚨有痰沒吐出來。
隱隱約約，我們一直聽到阿媽在砧板上大刀起落的聲音。剁、剁、剁。用力，再用力。像是她殺的動物沒辦法完全死掉，才讓她費這麼大的勁。我們浸泡在那樣的聲音中，度過了一個下午。

我失眠了一夜，睡得很差，因為窗外一直有水蟻，振著翅膀，衝去撞燈泡，讓睡眠很淡的我，反覆地醒過來。早上六點，薄棉被鋪的木地板我再也睡不動，我偷偷溜出了房間。

房間外，小小的窄道，牆上高處懸著一根細長的繩子，上頭全是晒衣架，掛滿所有人的衣服跟毛巾。我走進空無一人的茶廠，牌局剛散，滿地都是藍色的光，像水流散滿地，燈也歇息。

我想找阿睿，不知道他們睡哪一房，溜到後院，打開紗門，看到阿媽殺雞。

這是我，第一次看阿媽殺雞。

她把雞的脖子俐落地用刀割破，整個放進桶裡，我看著桶子從劇烈震動，到慢慢不動。阿媽說：「毋通（m̄-thang）打開。」雞的慘叫被悶住。我蹲著。我媽叫我不要看類似的東西我都完全不想理她。我覺得可怕，覺得噁心，可是我更想看

——我想世界上大多數的事情不去親眼看一次，就等於不明白它。

阿媽走去廚房洗手，洗完回來找我。她說：「遮爾（tsiah-nī）早起床，你敢有睏飽。」

等待雞放血的時間，我抓住阿媽的手腕，感覺到她厚厚的皮膚，還有生猛有力的脈搏。

她把我抱起來，抱去找阿公，「帶伊去四界踅踅（se̍h）咧，像奢仔同款。」

阿公滿嘴都是紅色，身上也都是檳榔渣的味道。他老穿著很像喇叭管的西裝褲，騎著我後來才知道叫做野狼的檔車，在山路裡閃電來去。坐在後座的我，在樹蔭裡面穿風而行。扶著阿公的腰，才發現他身體瘦得像根筷子。

他載我來到一所小學的門口。這所小學，和我在就讀的很不一樣：它看起來已經沒有人使用很久了。站在大門口，看向走廊，教室外面的洗手臺，已經長滿了青苔，上樓的梯間等身鏡也沾滿灰塵。但是滿地的綠色植物，發育得非常好。

恁媽媽細漢時就是讀這間。阿公說。他說完，就走向小學正對面的雜貨店——原來他是想來買菸的。

我想到，阿睿的煙火就是在這家雜貨店買的。雜貨店附近還有幾間房子，看起來也像一個自己的聚落。

我問阿公：這裡的小孩子都不用上學嗎？

阿公說：早就沒有了哇。他用很好笑的臺灣國語，而且看起來在學我發音：「這裡，早就，沒油任何一個小朋友了哇。」他把五指合攏再攤開，像是小小的爆炸。小小的煙火。聽在我耳裡，像一則小小的鬼故事。

我問阿公，這裡有沒有賣煙火。我也想買煙火。

阿公說，雜貨店哪有賣這麼危險的東西？還是你要喝舒跑？睿仔就是買舒跑。

他陪我站在雜貨店的門口，看著被光滲入的廢墟小學。那裡空空的，什麼也沒有。

回程以前，我問阿公能不能帶我也去看一下茶園。

他拒絕了，說茶園裡面有蛇還沒抓到，要下次。下次就一定能去了。

數年後我聽說阿公真的抓住了那條蛇。牠咬了他一口，他另外一手握著一塊石頭，敲死了牠。他手腫了三天沒消，到醫院急診後調養了三個月左右。茶園決定收起來不做。一群叫不出稱謂的親戚裡面有人決定去選村長。選上了。茶廠拆成辦公室，牽起網路，組了一臺老是斷線的電腦，沒換掉的是那幾臺自動牌桌。

我整日都沒有看到阿睿，以為他下山了。連聚在一起吃晚飯的時候我都沒見到他。倒是他媽媽多盛了一碗飯菜，我猜是她要另外拿給阿睿的。不過有什麼理由不讓他來這邊跟大家一起吃飯呢？

結果，是阿媽提出了我的困惑：「阿睿勒，為啥不讓他來吃飯？」他媽媽說：「伊無閒（bô-îng）啦，趕讀冊。」

他媽媽的回應讓我的耳根子慢慢發燙。我沒去對到一些人投射過來的目光，包含我媽的。不過她還是幫我夾了菜。

這頓飯我很快就吃完，收了自己的碗也順便收了我媽的。我把殘碗放到廚房的水槽之中，惦記著阿睿還沒吃飯。

我在廚房拔了幾顆葡萄，拔的時候，感覺到果皮非常軟，我鼻子湊近，聞到濃郁的甜味。我媽曾說，葡萄也是種一旦成熟後就會急速走向腐爛的水果，只有在短短的幾天內才會好吃。我想阿睿如果餓了，應該不會很介意這幾顆葡萄快爛快爛的吧？我握著葡萄的時候，還偷偷看了一眼她媽媽幫他裝的飯菜是不是還在桌上。

我一間間去偷看，大多數的房間裡都深黑安靜，偶爾只有除溼機在嗡嗡響著。我走到了地下室，霉味更盛，這裡改建過，現在有三間客房。只有一間被反鎖了。

我敲敲門，沒有人回，貼著門縫聽，有電風扇旋轉的聲音。我偷偷說：「喂，阿睿，你在裡面嗎？」沒有人回，我繼續說，像用聲音敲著薄薄的蛋殼：「阿睿，你在裡面嗎？」

他終於回應我：「閉嘴，不要吵。」

「啊你會餓嗎？」

「不會。」

「別騙啦。」

「走開，走得越遠越好。」

「我有帶東西給你耶。」我說：「你不吃一下嗎？」

他陷入深深的沉默。

短暫尷尬後，他又說：「我在讀書，你沒聽我媽講嗎？把安靜還給我。」

我小心且緩慢地把葡萄放在他門外的地板上。如他所願，我把安靜還給他。只是我從來沒聽過有人讀書的時候，伴隨著啜泣的聲音。

這時我突然想到一件事，便說：「那你要放煙火嗎？我可以陪你。」

房內只剩下電風扇轉動的餘音。

被我勉強掛在門鎖上的香蕉，因為光線微弱，表皮變成焦黑，彷彿還沒有成熟，就直接腐爛。

這晚我卻睡得很沉，有如被拋擲進很深的湖裡面，任何聲音都聽不見。

日子來到小除夕。我吃完早餐後，阿睿如往常竄到我面前，跟我打招呼。喜孜孜地說這次一定要放到煙火。他堅定地補充，對放煙火這件事，是「不死不休」。

這天開始，許多叫不出名字的親戚慢慢上山。院子裡停放一部又一部車。我感覺到自己逃避不了的煎熬正要來臨。

想到這裡，我應他說：好。

我這麼討厭回我媽老家，有一些原因。我覺得人一多，山就不再是山，只是換一個地方，把城市給搬上去——我看到許多跟我相差五歲以內的同輩，來自不同縣市，用小小的腳踝下車，接著用跟我同學一模一樣的眼神斜視過來。這些眼神，在我後來學到的詞彙裡面，有一個相當精準的定義，叫作「打量」。而這些眼神一再令我想起，那些我總是在後走廊的資源回收區，撿回自己物品的時光。

阿睿不能認同我，只是說：「不管走到哪，都是這麼討厭。你只能習慣它。」

「我不能想像明天還要守歲。」我說：「我得待在這麼多陌生人的地方這麼久。」

「我明天好像就要走了。」阿睿說：「今天我們就把年過完吧？」

我們去拿大人喝完的台啤玻璃瓶，跑到前幾天本來要施放煙火的空地，將玻璃瓶排成一排。我們的面前，規規矩矩擺好了五個標的，我問：「那我們現在是要打破它們嗎？」他說：「打破太簡單了嘛，我們要對準口，拿小石頭，練精準度投進瓶子裡。」

我說，這也太難了吧。

他說，簡單的事情有什麼好去挑戰的呀，這就是為什麼要補習。

我說，你把它形容得好討厭。

我們撿起許多的碎石，握在手心。我擲出好幾次，只把瓶子擊倒。阿睿看著我說：「不能太用力啊。你不能『丟』。」他跟我說：「要用『拋』的。真正要出的力很少、很小。」

我捏著小石頭，準備再次嘗試。阿睿一再提醒：「最難的是控制力道。」斜坡上，我意識到那些跟我們相差了五歲以內的小孩們，也排成一排在看著我們。他們也像是一排遙遠的玻璃瓶，阿睿的聲音在耳邊迴盪：最難的是控制力道。

不能用力。不能丟。那麼，我要朝他們拋擲些什麼過去呢？

阿睿在我身後兀自投石，石子落進瓶底的聲音把我警醒。他的命中率高，眼神專注，淡淡地說：「最重要的是不能分心。分心通常就會輸，你懂嗎。」

我當然懂。我最在意的事情通常都是我以外的事。我喜歡看我爸媽的臉部表情、捷運的光影，甚至是令人絕望的樓梯，就為了逃脫習題、樂譜以及空白的畫紙。這可能就是我沒辦法真正成為頂端的原因吧。

「贏很難耶。」我說。

「那是你懶惰。」阿睿說，他手上碎石也逐漸投盡：「不想做，跟做不到是兩件事。」

把碎石拋出的過程，我幻想我們丟出去的不是石頭，而是被固定的壽命。

他說，如果年紀真的能夠被守下來，我們會一輩子十二歲。

我說，所以我才不喜歡守歲，一輩子十二歲，聽起來太可怕了。

我輕輕拋出，終於進了一顆。

他反而突發猛力。最後一顆石頭丟出後，哐啷爆響，啤酒瓶就地爆裂。我們沒人講話，反倒是斜坡上那些同輩們非常震驚地看著攔腰破碎的瓶子，眼神都替他們發出了叫聲，好像那邊躺著的是一具活生生的屍體。

所以，什麼時候要放煙火呢？我終於問出了我很在意的問題。

我會暗示你，看到暗號你就跟過來。阿睿說。

傍晚時分，空曠的廳堂已經擠滿了各式各樣的轎車。車子與車子之間相隔的距離很小，小到彼此之間的途徑，成為一種縮小的迷宮。我看到那些同輩在迷宮裡穿梭，玩得入迷，我則走過一次後就徹底反覆感到一種無趣。也發現自己跟他們走的方向都是相反的。時不時我們就會碰到面，接著像螞蟻的觸角，各自閃避、轉彎。有一種曖昧與尷尬，在嬉鬧聲中被逐漸稀釋。

阿睿在旁邊看著看著就笑了。事後和我說：「你實在是笨得太聰明了。」

我不懂他的意思。

晚飯開鑼。所有人齊聚一堂。這是一場巨大的噪音盛會。我陪阿媽放血的那隻雞，已經成為卡式爐上一大鍋燒酒雞。還有一些被拿去炒三杯。桌上還有高麗菜、蘿蔔糕、醬筍、鱸魚。也曾煮過穿山甲。聲音的海，把我們都淹沒，人影交錯之間，我們也幾乎快看不見彼此。

我媽靜靜地吃自己的飯，要我不要理其他人，吃完就趕快離開。

這幾天過下來，我媽的臉色有了微妙的變化，可是我說不清楚那是什麼。

她替我夾菜，吃完的時候幫我收。抱抱我，要我好好去玩。

一回神，阿睿跟我對到眼，點點頭。下一秒，再要找到他的身影，他已經離開了位置。

我一路走到斜坡下，果然看到阿睿在路燈下把煙火一一擺放的身影。讓我想起前幾天，他也是這樣興致高昂。

不過這一次他更膽大包天。他彎下身拿起家庭號的舒跑，問我要不要喝。我說我不想喝舒跑，他說，這是酒啊，這是大人在喝的酒。

「我偷偷倒的，倒得很辛苦。」

我佩服他，佩服得不禁笑出來：「你確定嗎？」

阿睿旋開瓶蓋，喝了一口，眉頭皺得很緊，接著遞給我；我接過他的舒跑，聞了一下味道，也偷喝一口——差點沒當下就吐。我沒喝過這麼難喝的東西。

「大人都在喝這麼難喝的東西喔。」阿睿辣得舌頭都伸出來：「真是太瞎了。」

與此同時，我感覺到身體開始變熱。「你有感覺嗎？」我說：「從喉嚨開始，變很熱，很辣耶。這什麼東西？這是啤酒嗎？」

阿睿發出那難聽的笑聲：「這是他們自己釀的，我也不知道是什麼。」

「我真的會被你害死。」我沒感覺到自己的身體如此煎熬過，那是一種別樣的發燒：「我死在這都是你害的。」

他說：「今天死在這，就真正的守歲了喔。一輩子十二歲！」

我們往後跌倒，發現我們的上頭全是一些綠色植物，隨著風晃來晃去。

我們躺在地面上，等待那瞬間燃燒的感覺全盤退卻，四周充滿了霧，讓月亮都開始顯得不真實，整個人都彷彿飄起來了。不曉得過了多久，他才說，準備要開始了喔。你準備好了嗎。

這次我終於聽懂他在講什麼，我說：「我已經等你很久了。」

阿睿起身，摸著口袋，然後對我說：「我打火機弄不見了啦，我再去偷一個，你等我一下喔。」

我沒說話，他跨過我的身體，朝斜坡上小跑步而去。

等阿睿回返的時候，我也欠起上身來。

一轉頭，我見到霧的遠處，路的轉角，隱隱約約有一條細長的尾巴，甩來甩去。

我很好奇那是什麼，想把牠看清楚，所以朝牠走過去。

我越靠近，牠就越是和我保持距離。有一種引導般的刻意。我很確定那不是猴子的尾巴，而我敢靠近，也並非因為不害怕。只是在那一刻，我終於頓悟：真正的答案原來沒有辦法偷，只能自己探索。當時道路上沒有任何一臺忽然行經的車，安靜得只剩下我自己的腳步聲。牠帶著我穿過一圈又一圈的路燈中，走了不知有多久，腳很痠，我就這樣走到了阿公騎機車帶我來過的廢棄小學門口。

尾巴鑽入，我也翻過破敗的鐵門，跳進去。在操場中央我看著披滿長藤植物的沿廊，滿地的石砂與生鏽的籃框。莫名地，我感到所有事物都將在這裡傾巢而出，河水一般流淌滿地。

此時我聽見了一聲短促、響亮的爆破聲，有沖天炮開始在放，而且連環不絕，七彩的火焰沖上天際。我朝聲音來處還有猛然燦爛的光亮看過去，發現那邊是已經離了我很遠的阿睿的位置。我的耳邊傳來他不久前的聲音：「我今天說什麼都要放，不死不休！」

隨著爆破聲起，那細小的獸尾溜入了黑暗深處，再也沒有出現。

我遙遙盯著阿睿的煙花秀，十分鐘，或二十分鐘過去了，屬於小孩子的煙花盛會開得歡樂，收得黯然。濃濃的夜色裡，我看見瀰漫的煙。

而我就那樣待在毫無人煙的地方，不知道原來的路。在茫然、等待的途中，我逐漸充滿睡意。

隔天凌晨，阿公騎著野狼找到靠在走廊上睡覺的我。

「總算揣著（tshuē-tio̍h）睶的（sīn-ê）囝仔啊……」半夢半醒間，我聽到阿公這樣說。

大量的煙火瘋狂炸裂，好幾束沖天炮失控沖進了鄰家的改建透天厝，二樓的落地窗直接全毀。一堆人的車子板金、車蓋，都有焦黑的痕跡。「根本不知道他怎麼放的。」人們針對阿睿瘋狂的煙花秀，不約而同覺得很恐怖。

他媽媽在這件事情上，顯得淡漠，帶著阿睿一一向所有人道歉，並承諾完全負責後續的賠款。

阿睿很冷靜，他說：「我很抱歉，我一時的貪玩，造成大家的不愉快。我一定會深深反省，成為一個更好的人。」他媽媽托著他的背，兩個人一齊對每個車子受到傷害的人深深鞠躬。每一個字、每一句話都說得清清楚楚，發音精準。聽起來並不像在背稿。難道這會是阿睿的真心話嗎？我分辨不出來。

我也不曉得要如何對阿睿啟齒疑似看到年獸的事。我想這沒人會相信。他走到我面前時，看著我的眼神沒有怪罪，充滿寧靜。好像他並沒有在等我給出一個背信棄約的解釋。

他媽媽留下聯絡方式，然後開著貨車載著阿睿下山。

貨車慢慢遠去時，輪胎輾在不平的山路上，發出尖銳的碰撞聲，像是車子裡面哪個零件已經快要解體。大家聽著那毀壞的回音漸淡，各自四散。

他們結束了，節慶卻才正要開始。

接下來的大年春節，我的生活不再有多餘的起伏。小除夕的驚魂記，讓我媽把我綁在她身邊，形影不離。事實上我也沒有興趣要跑去任何地方了。那些同輩看我的時候，有一種看著異形的目光。但我發現自己已經不甚在乎。如同阿睿曾說：「最重要的是不能分心。分心通常就會輸。」

他走了，我還在。我可不想輸掉這場遊戲。

發生這件事，讓我不斷想起我跟阿睿談過年獸的傳說。

最後究竟是誰驅逐了誰，又是誰被真正地留下來了呢？

在後來的人生裡，我總是在思考這樣的問題。

除夕、初一、初二，每天都只是複製著昨天。我顧著吃，顧著笑，顧著假笑打招呼。

撐到整個年過完，一切也終於慢慢安靜下來。

親戚們彼此帶著淺淺的笑與言不由衷的禮儀，各自道別。

終於也輪到我準備離開。我看著我跟阿睿玩過的那些地方、經過的走廊，忽然覺得很難過。

被趕上車前，阿媽忽然走過來抱我。

我們互相拍拍對方的背。我聽見她強勁有力的心跳。

半年以後，我媽決定訴請離婚。而在後續的官司中，她失去了我的扶養權。這讓我體認到，真正的生命其實是剝奪。

我再也沒有回到山上。偶爾會想念阿媽充滿皺褶的手，因為那時我還有能力感受一個人強而有力的心跳。

也總是想起年獸帶我甩去所有聲音與煙火，躲入廢而雜蕪的校園之中的過去。我想牠是為了讓我提早洞見某種真實的樣貌。我曾反問自己，不洞見又怎樣？畢竟它遲早會來。這就是生命中的一個小小的禮物：一顆小小的，不知內裡是否腐爛的葡萄。

二〇二一年

二〇二四年磺溪文學獎小說組優選

脛骨之海

01

他站在遠處，不出聲。他在等。等第一支仙女棒開始燃燒。

碎光炸開，一群人拿著仙女棒去點燃腳下的一排煙火。煙火衝空，硝霧把光淹沒。三合院的廣場，所有還沒成年的小朋友吶喊，年節的鞭炮炸響，濃密氣體兀自蔓延，降落的煙，天網一樣把所有人罩住。大家舉起雙手，胡亂抓著些什麼。

這時他才會衝進去跟著大家嘶吼，數分鐘後，狂歡尚未結束，他矮身，一個人竄出現場。

陳柏翰享受這安靜的縫隙，安靜的童年，反覆數年。

這就是他不曾與他人提及的心事：他迷戀夜空中煙花的炸裂。

二十二歲，他依然沒什麼朋友。系上每門課，總是壓線通過，筆記轉三四手才會到他這裡。他會分享給身邊的人，比方楊，雖然楊好像並不怎麼讀。他最期待的兩個時段是吃午餐、晚餐，偶爾多一段宵夜。

楊與他兩人租賃一間房。這套房頂樓加蓋，冬冷夏熱，單人房加大，唯一的好處是有電梯，一樓大廳要按指紋，其實誰按了都可以開，佯裝氣派。

那次他們下樓，進學校考完期末考試，從偌大的廳堂離開。他問楊：「你剛剛交白卷？根本沒看你動筆。」

楊從口袋撈出一根捲菸：「我覺得寫答案好作賤我自己。」

他翻白眼，說：「喔，所以其他作答的人都很賤？」

他們走進人滿為患的麵店，排隊的時候，牆上的電視拍到立法院前的廣場，鏡頭裡，學生滿座。

接下來的考試，更多人缺席了。

楊在現場一直傳圖片給他，問他要不要來。

照片其實很模糊，光線暈成一團難以辨識的色塊，沒有人在照片裡有五官。柏翰看完照片，回他：「我爸 Line 我，說去了要打斷我的雙腳。」

楊說，「管他們幹麼？你根本沒回去過。這是我們這輩子做過最有意義的一件事。」

他知道楊講的話是真。他打字：「不去了。你也趕快回家好了。」

楊沒生氣。楊說：「放心。我做了覺悟才來。」

後來的事情他都在電視上看到了。立法院裡一堆青年擁擠成群，他想，楊應該也在裡面。

事後他去病院看楊。楊在見了他以前，笑容就很燦爛。病床旁，擺放著一盤吃了一半的蘋果。

柏翰說：「這麼開心？」

楊說：「我參與了歷史。以後想到這件事，想起這座島嶼的未來，我就會知道自己在裡面受過傷。」

柏翰說：「不好意思，『受傷』這件事為什麼重要？」

楊說：「為什麼不重要？」

柏翰說：「為什麼非得去裡面受傷不可？」

楊說：「我才想問你為什麼這麼冷血？你一點也不憤怒？參與過歷史的人，永遠不會忘記那一刻！」

柏翰慎重地向楊道歉。說自己的表達不好。楊翻了翻白眼，拿起那盤水果，把剩下的分給柏翰。

楊出院後數個月，他們返回與從前相去不遠的生活，但楊偶發性失眠的問題得到了解決，他說：「我發現自己根本睡不飽，每天起碼都睡十二小時了。為什麼會這樣？我甚至一場夢都沒有做。」

這是他們當同學的最後一年。楊每一天都百無聊賴，非常嗜睡。兩人的出席表現越來越糟。最後都收到通知，再不出席必修會被當，他們會因雙二一被退學。

期末論文寫不出來。楊索性花大錢，在網路上請別間學校的人代筆，連同柏翰的份一起寫、一起交。

「你幹麼幫我亂交？」柏翰錯愕得差點捏碎手上的菸盒：「被抓到怎麼辦，我根本還沒決定要怎麼做。」

「我是幫你免於一場被退學的災難好嗎？」楊看著柏翰，攤開雙手：「還是你以為，作業有多少人會認真寫？能花錢解決的，永遠都是小事。」

「就算我不想寫，你也不能幫我決定。」

「不然你去跟老師說。還是，我去跟老師說？」楊打趣地看著柏翰：「我知道了，我去跟老師說我們找人代筆。然後一起被退學。」

柏翰沉默。

「我沒差啊，你家人知道你被退學，應該比我更慘吧！」

柏翰沉默。

在那間他們常吃的麵店裡，楊瞥見電視上一年一度的水上樂園在打派對的廣告，跟柏翰提議：走啦，悶什麼？一切都結束了，我們好好玩一場，我們終於畢業了。

水上樂園的人潮比預期的多，柏翰走在路上，不斷被旁人推撞，像一顆擺盪的陀螺。

幽浮迷航、漂流亞馬遜、衝出地平線……他看著薄薄的一張地圖，那些剛剛玩過的設施名稱。他走出設施時，差點忘了自己為何而來。

眾多袒露的身體奔跑來去，濺起水花。波動的肌肉與身體線條，彷彿即將隆起、連綿的山，含蓄地等待一場爆裂。

僅僅兩個小時，楊就疲倦地說：「我好想睡，我不行了。你自己玩吧。我要回家了。」

柏翰看著楊的黑眼圈，冷冷地說：「你很爛，晚上還有個買好票的派對。」

他在園區裡反覆玩漂流亞馬遜。隨著水道緩慢的波紋流動，他從墨鏡觀察四周的環境，這重複的二十分鐘，雖然四處都很吵雜，但他的情緒竟然第一次平靜得像片遼闊的海平面，他聽著自己跳動的心。

這讓他覺得，他唯一需要的朋友，或許就是寂靜。

然後又會想到，他這種人，到今天還在想這些沒用的東西做什麼呢？接踵而來他會面對的人生，是：找工作、是報稅、是……柏翰卡住了。他忽然不太確定自己的人生還有什麼可想？一個與求職有關的網誌，一篇匿名的心得，上面寫：人要找到自己的價值，這是一個新自由主義的時代，你要起碼有一門優秀的手藝，才能找到自己不可取代的位置。

文章寫得很好，柏翰沒有一個段落不同意。他看著滿樂園的人，這些身體，其中，誰是可以取代，誰是不可取代？要如何去分辨呢？

站在漂流亞馬遜終點的水池旁邊，他發現：自己沒有地方想去。

派對辦在場地侷限的舞池。夜裡的舞池充滿各種顏色的繽紛跳動。比早上還要擁擠的身體擠動他。他不需要走，就被一路推到了最前方。

燈越來越亮，越來越迷離。他走在幻彩的琉璃當中，漫遊沒有地面的走廊。傾斜的月亮、傾斜的電子樂，音符也暈眩。這裡的音樂讓他刺耳又同時讓他感到雀躍。他湧上奇妙的、對未來的殷切盼望，也同時對自己身處於這種地方深感窒息。世上有這麼讓人噁心又開心，讓人崩潰又不想離開的淺池，肉色的溝。

粉紅、橙色，濃重的玉米粉，漫天而落，彷彿從夢裡湧出的大雪。

柏翰在人群裡張手，用力大吼：「我——畢——業——了——」

身邊的人被他嚇了一跳，然後陪他亂吼：恭喜恭喜，要開心，鵬程萬里喲！

此時柏翰的餘光裡，一抹豔紅衝上夜空。

驚呼是海嘯，拍過他，他回首，慢慢抬頭，火就忽然捲向他。

他始終無法克制地迷戀夜空中煙火的炸裂。

他耳邊壟罩著楊那一句話：「參與過歷史的人，永遠不會忘記那一刻啊。」

如今，他非常確信楊是對的。

❖

他沉重地醒來，聞到刺鼻的消毒水味。

他醒來很久了。起初不願動，但是光不再破碎，光線集中且具穿透性，刺進他瞳孔，將他眼皮熬得漸漸熱辣。

睜眼之後，他看向電視的方向，新聞裡恰好截著網路平臺的留言：

噓 Abbc1665：會去那邊玩的本身也不是什麼好東西吧……

噓 Ft0000：乖乖待在家不就好了@@，這樣要申請國賠也太超過

推 iilaa：推顯眼，自己玩就要自己負責，貪婪嘴臉讓人難以接受

畫面再度切換：豔陽底下，一堆麥克風組砌成一排矛牆，槍尖紛紛頂向從警局走出的負責人。對方卡其色鴨舌帽下面有一張陰鬱的臉，他在記者面前忽然停步，說：

沒錢、沒錢！我對不起社會大眾，但我真的沒錢！

負責人鞠躬，負責人跪下。鏡頭外燈光瘋狂閃爍。

他瞥見自己青蘋果色的床、潔白的牆，還有牆角脫落的漆。床頭旁有一盤水果。他想起自己曾看過那盤子，看見過上面有半顆蘋果。隔壁床一直用手機看新聞轉播，開著擴音。

一根手指也不想動的柏翰，此刻發現，自己是一團活下來的灰燼。

楊來看過他幾次，眼中潛藏著一股極其隱晦的、死裡逃生的快樂——唯獨當柏翰躺在那張床上的時候，他才能從平躺的視角中，去全盤接到這股從他眉間、吐息、語氣中放肆流淌的情緒。

他想：楊不可能意識到自己身上這種眼神代表什麼，又傷害什麼。這份無知、這份憐憫，讓柏翰對他的反胃漸次高漲飽滿。

最後一次楊來看他，說大家在約畢業前的最後一餐。楊收到學生會長的請託，轉達一群人想來探望的意願。柏翰聞言，瞬間如同一座從平地豁然奮起的火山：「幹你娘都滾啦！我不是你們的標本，你懂嗎？是你找我去的，你還先走，你知道嗎？……」

楊被他口水濺得滿臉，他親眼看見楊沒有波瀾地擦掉臉上的唾沫，餘光掃過他滿是白色繃帶的身體：「陳柏翰，你不要這麼激動，好嗎？我們是關心你，你有必要這麼敏感嗎？你怎麼就是不懂我們把你當家人？」

他也看著自己滿是繃帶的身體。

然後想著那一天，那些層巒疊嶂的肉身曲線。

最後是自己現在的日子：每天都反覆割皮。

護理師說，忍耐一下喔，割掉之後，才會長新的；慢慢來，深呼吸，一下就結束了。割掉之後才會長新的。他忍不住去想像，落刀那一刻，縫隙裡還能有怎樣的新生。他覺得自己是峭壁裡的一株將死未死的野草。

他父母每天來看他，為他加油。

他沒有憤怒、沒有無奈，躺在稍動就發出聲響的病床，看著那盞燈，有些麻木地告訴自己還是得先好起來。

全身上下許是只有一對眼睛是健全，稀薄的夜光穿入他床底。

「你未來還有大好前途耶。」他的母親提醒他，替他削蘋果：「人生還這麼長，慢慢來，復原之後，可以去做所有你要做的事。」

他聽見水滴落入甕中的聲響。滴答、滴答。規律且綿長，迴盪成一片巨大的白噪音。

隔天醒來，他在復健課程上練習走直線。

他的雙腳即便使用輔助器支撐，只要出力也還是非常疼痛。

復健的教室內，所有人力透汗衫，背脊整片溼潤。

旁邊十九歲的少年躺在地上，問柏翰：「嗨。你好了之後想做什麼？」

柏翰喘氣看著教室裡的一面鏡子，上面映照著一片仰頭喘息的人，像是又打了一場敗仗那樣。他說：「你先說好了？」

少年說：「我未來想開一間麵包店。但我的手現在沒辦法出力……」

「為什麼想開麵包店呢？」

「我第一次做青蔥麵包分給同學吃。他說，不知道為什麼，明明味道很普通，可是握在手上有一種非常滿足的感覺。我聽不懂那是什麼意思，可是我得到了很多成就感。你有類似的經驗嗎？」

柏翰起身，重新折磨自己的雙腳。

直到課程結束，他都沒有回應那名少年。

不知不覺，他成為渴望能夠睡眠的人。每一晚他能辦到的，僅僅只有闔上雙眼，所有的步驟都只能走到這裡：因為他沒辦法控制接下來的事。煎熬、淺眠的夜裡，他甚至開始懷疑，自己是否從未睡過一場真正的覺？白日，因休息不足而隱約疼痛的眼，讓他免不了在各種時分需要臨時閉目，而在這半小時到一小時的空檔中，他會想像溪水橫流的聲音。這讓他心安，這是他最靠近睡眠的時候。

在偶發、淺眠的夢中，他沿著充滿卵石的岸邊漫遊，有時候會踏進溪中，天頂有顆巨大渾圓的白雲。

在這裡，時間失去意義。他也沒有地方想去。索性朝著前方筆直前行，試圖推展四周的風景。風徐徐地擦過他每一寸露在外面的皮膚——他短袖短褲，膚器敏感——引誘他的事實上並不是那輪廓清晰的雲。

而是遠方那一片正在搖晃、折射著陽光的大海。

他加倍努力地復健，忍耐痛苦。他總是最早抵達教室，最晚離開。

痛苦確實逐月降低。拆繃帶前一個月，他的母親在病床旁邊忽然流下了眼淚。

他問她，為什麼這麼突然？

他的母親說，要不是因為這件事，我們已經好久沒看到你。他的母親一隻手掌撫住他綳帶上，說：「你人還活著就好，錢也沒關係。我們可以重新開始——」

「重新開始」這四個字，猛然撬開他迷茫的意志。一股念頭剎那並強烈地誕生：他想站起來。那種雙腳貼著地面，能把自己的兩隻腳都蹬進土裡面的那種，用力地站。

思及此處他便覺得雙腳很癢。彷彿召喚。彷彿腳正對著他說：「怎麼還不使用我？」

這粒種子埋在他心間，於破碎的時間裡日復一日地發芽。每天簾縫中鑽入的光亮，都在助長芽苗進行飢渴的光合作用。

後來的復健課，那名想做青蔥麵包的少年不再出現。

他問了同一間教室的同學。同學說：「啊，他復原得很快，上禮拜就提早出院了。」

他默默點頭，看著教室裡的一面鏡子，覺得教室裡的聲音變安靜了。

復健師沒講，但他透過與他人的比較中，發現自己復原進度很緩慢。有些人天生做什麼都很快就上手。有些人天生就是走得快。

他知道自己不是那種人。

即便是下課，柏翰也會自主偷練。

他會在半夜三四點醒來，默默聽著秒針的聲音，把身體慢慢支撐起來，並嘗試不發出聲音。

為了逼自己每天務必進行這種練習，房間完全熄燈的前一個小時，柏翰會自在、輕鬆、默默地喝足一千毫升的水。

他不需要計時，他的膀胱就是身體最好的鬧鐘。他必須完成這個練習，否則無法安心培養他的下半場睡眠。

他擺動自己的腰跟腿，讓一隻腳的腳底先著地。腳底貼在地面上，他可以感覺到，隔著一層繃帶，地面依舊涼如冰水。

柏翰的右腳拇指，輕輕磨蹭著地面。

但這樣的磨蹭，沒有帶給他預期的觸感。他的皮膚正在增生，那些該回來的只回來了一半。或者一半不到。

他下床，把腋下支架夾緊，彷彿支撐的是搖搖欲墜的膀胱。每一步越用力，就踩得越小心。柏翰如同行走在布滿裂痕的薄冰上。

他算準了病床內秒針走動的聲音，把腋下支架每一個點都點在秒針走動的節點。越來越粗重的呼吸，是他僅有的一個破綻。

走到房內共用的廁間，推開門，關上。

至此，整個練習才終於進展到一半。

柏翰迅速把褲子脫掉，他張望自己顫抖、小心的尿液，宛如是他方才走進廁間的蜿蜒弧線。

他打了一下冷顫，把褲子穿好。

走回去的路途平順許多，沒人受到驚擾，他完成了一次心中的完美周期。

然而復健課上柏翰的進度依然沒有進展。夜晚的順利彷彿他獨自做的一場美妙的夢。復健師極有耐心，對方的笑及鼓勵，聽在柏翰耳裡十分空洞。

他只好越發堅定地相信：自己需要課後的練習。他只能依靠自己了。

偶爾柏翰的母親會買菠蘿麵包與一瓶三百毫升的義美牛奶給柏翰當早餐吃。當柏翰拿著那塊菠蘿麵包，他總會想起那個少年。

他出去之後還順利嗎？他進展到哪裡了？

那陣子，柏翰常常滑到幾篇零星的報導。一名輕症者勇敢地秀出皮膚的疤，選擇不願貼美容皮膚。「我不想將那樣的傷口引以為恥。」該名已康健的傷患向記者陳述：「我想從這樣的地獄裡重新爬起來。事實上，我不覺得自己失去了什麼，我反而認為我在裡面得到了更多。」柏翰讀完這些報導之後，非常開心，像撿到某張重返賽場的門票。

睡前他喝了滿滿兩壺水，他的母親終於起疑心。

柏翰解釋：「我只是渴。」

「你白天喝很多了。」他母親說。

「畢竟是夏天，我身體很需要水分。」

他拿起那瓶容量一千ＣＣ的塑膠水壺，仰頭就灌了一大口。

半夜三點，柏翰忍著尿意，直到無法自拔。

膀胱脹得像是燃燒，好像有一團水在裡面沸騰，在尿道裡穿梭。

柏翰忍受著壓抑的灼燒，攀爬起身，他感覺到自己的下肢關著一缸子堵住的水，無路可去，而千百隻螞蟻在渾身嚙咬。

他熟練地坐到床緣。熟練地下床。熟練地拽住支架。流暢得無一絲猶豫，堅定走向廁間。關上門，拉下褲子。所有的流程都沒有失誤。

他尿完以後，感受到自己的生殖器有種痙攣的麻木。介於痠與刺之間。過度緊繃後又急速鬆弛，胯下兩邊有當機錯亂之感。

他打開門，卻忽然發現自己好像能站。

他的腳，這時不痛了。

柏翰拖著腳，拍開病房的燈。整間屋室瞬間慘白，螫醒所有人。

他的父母驚醒，被柏翰嚇到，衝向柏翰想把他扶起來；柏翰卻將兩人嚇阻、推開，其他病人紛紛欠起身子在看。

懷疑的目光中，他揚手甩飛自己的腋下支架。他朝向爸媽說：「你們看，我可以站起來了，我靠自己站起來了。」

他褲角劇烈的抖動。接著，柏翰失去力氣，正面瘸腿下跪。然而他右手反應迅捷，在雙親衝上來攙扶以前，他猛力用手掌撐住右側一根床尾的握桿，單手挺住自己傾斜的身體。

那張床用力震動，床上的病友眼神驚慌：「天哪，幹，你這個瘋子！」

兩週後，那名病友辦理出院。柏翰轉頭凝視那張空蕩蕩的床，一再反芻自己站起來的那個晚上。

一次又一次，他親眼送走其他康復離去的人。

病房隨著時間越來越讓他感覺陌生。來自不同地方、不同原因的燒燙傷病人被送進來，再送出去，如同他失去又增植的皮膚。

等待柏翰辦理出院的時候，和他同一個原因入院的人已經屈指可數。出院那天他快樂得不得了，雖然他完全不確定自己在期待的是什麼。拄著拐杖，他在走廊上，突襲、握住所有根本不相識的病友手腕，一路和所有人道別。

02

漫長的紅燈。八十五秒後，大馬路口的號誌終於轉成綠燈。數輛年久不休的烏賊車噴出濃淡不一的黑煙，把整個空氣染成一大片灰暗的圖層。他從濛濛的煙裡穿了出來，騎著一臺黑色的三陽。車殼上有許多褪色的刮痕。一切都融到風中。

風中他繼續穿出，經過永康街，騎入一條隱密的巷子。轉了三次彎，緩緩來到一個壁癌斑駁的老公寓底下。

機車熄火，柏翰下車，將整袋麥當勞從送餐箱裡拿出來。太陽十分毒辣，為了防晒，他始終穿著薄長袖、薄長褲。

有時雖然已經滿身是汗，柏翰會覺得其實根本沒那麼熱。

他看著這幢公寓，住在這棟公寓裡的都是怎樣的人？

將近一年以來，他在外送上遇見了各式各樣的人。雖然與這些人並沒有任何取餐之外的交集，卻讓他有種泅泳於人海間的錯覺。

曾經不經意幫知名實況主送餐，對方看他模樣特別，請他留下，叫工作室裡的攝影師拿出手機來錄影，做簡單街訪。

「你是賺自己的生活費嗎？還是只是零用錢？」

「呃，生活費。」

「你是天生就長這樣嗎？」

「不是。」

「那是什麼原因，我們可以了解一下背後的故事嗎？」

「我二十二歲在發生火災的樂園裡面，我差點被燒死。」

對方訪問到落淚，但柏翰一直沒什麼情緒波動。

那則十七分鐘的影片在影片平臺引起了回響，被諸多網路媒體轉載。許多人又想起了那場知名的慘案，紛紛貼了許多相關追蹤報導。

但柏翰的送餐人生還是在各種烏煙瘴氣中穿越與衝出。

忽然一陣怪味，把柏翰從過去的時間裡拉回來。取餐的人還沒來。他有些茫然。

對方的名字實在眼熟，他開始搜索腦中一些少量的資訊。

Instagram 中，同名字的人經常寫著區銷售第一，搭配著許多錦旗的合照。偶爾發布的限動，也會跟同事吃的餐廳合照，搭遊艇，閃亮的酒杯。更偶爾的長文裡，則寫著真摯的努力過程，充滿誠懇的人生經。

思考到一半，那人總算下樓，還戴著口罩，梳一顆油頭。上身穿著非常緊緻的西裝，袖口小捲，朝柏翰揮了揮手。

他走到了柏翰面前，伸手要取走那一袋麥當勞。

柏翰看著他的眼睛，很確定那就是自己見過的人。

與當年的模樣相比，對方的眼神已有變形的銳利。

對方提走了麥當勞紙袋，轉身回去；柏翰脫下口罩，喊了一聲他的名字。

「喂，楊俊傑！」

楊回頭，看著柏翰，眉頭逐漸糾在一起。

柏翰說：「你大四的時候，找我去水上樂園玩，你忘了喔。」

楊瞬間露出微笑：「真的是你？點餐的時候還不敢確定。名字很大眾啊，結果忘了。」

柏翰說：「還以為你真的忘記。」

「誰會忘記那種事？才過幾年而已。而且你還上節目不是嗎？很紅耶。」

楊說完，兩人忽然陷入短暫的沉默。黏熱的風，不知從何處捲來淡淡廚餘味，在他們之間散開。

「你有空嗎？你急著跑單嗎？」楊指著還沒有關的大門。「我們去買點別的東西，我現在剛好沒事，一起上來吃個飯？」

「嗯，我不急。」

柏翰捏起手機，把後續的餐點轉單。

❖

楊的套房堆積很多箱子。有些箱子半掩，他瞥到一些DM，它們平整得像是一件熨過數百次的襯衫。

「放心，我不會要你買這些東西。」楊把一大袋從全家買的飲料跟零食放在整個房裡面唯一一個方形ikea塑膠桌：「坐地板不介意吧？我有鋪巧拼。」

他慢慢坐下來，看著楊的藍色襯衫。「你午休回家吃飯，公司在附近喔？」

楊說：「沒有，上班時間自由分配。沒問題的。」

他看到楊的牆壁上掛著兩個時鐘，分別調了不同的時間。

楊看到他的眼神，解釋說：「上面一個是臺灣時間，另一個是德國的時間。我每次看這些時鐘，就告訴自己：這些時間是不會等人，不會等我。我一定要把握現在，然後去到那些地方。我要移民，過新生活。」

「移民？你過得不好嗎？」

「這是我的夢想。」他說：「你不覺得拿了一張新身分證，很像重新再當一次人嗎？捏著那張卡，好像從此有了不一樣的可能。」

「所以在這裡不好嗎？」

「不差。」楊說：「但我覺得，應該可以更好。」

「哦。那怎樣才算夠好？」

「戶頭存款一千萬。被動式收入夠豐滿。有一間房子，一部車子，一個太太，然後再養個兩三隻寵物。一貓一狗，說不定養隻鳥也不錯。或是整缸的魚？」

「你喜歡的動物未免也太多了。」

「不像你，我記得你什麼也不喜歡。」

柏翰不禁笑了，他說：「什麼也不喜歡的是你。你以前考試，連申論題的答案都不屑寫。」

「哈哈，我都忘了。話說回來，現在我也還是覺得寫那些答案依舊沒有意義啊。」

「你還沒說為什麼想移民？」

「我講過啦，我覺得，我值得更好的生活。」

「你怎麼會認為去國外會比較好？Youtube 已經很多人在講，國外打拚沒有想像中簡單。」

「但他們沒說的是：雖然不簡單，但我還是堅持住在那裡。這是為什麼？」楊的指頭，敲了一下桌子，雙膝開始慣性抖腳。

「因為他們要拍影片，他們需要流量。」

「拜託，那是『生活』。」

柏翰不是很明白楊那句話的意思，但他依舊替楊掏出紙袋裡的麥當勞，將雙層吉事堡、中份薯條還有大杯且正在退冰的可樂整整齊齊擺放在桌上。

柏翰催促說：「你吃啊。」

楊擺擺手：「我分你。」

「我不餓。」

「我希望你可以多吃點。」楊說：「這幾年你都在幹什麼？」

他想了一下，老實地說：「其實大多數的事，我應該都做不了。」

楊非常仔細地打量起柏翰，充滿好奇。柏翰動也不動，被他凝視了很久。楊將麥當勞紙袋揉在手心裡，緩慢搓揉、使之變小：

「我也很慘。我只能前進了。怎樣都不對。前女友說要有個家庭，所以我拚了命想要有錢。但怎麼賺都不夠，沒想到我還變窮。回去念書補學歷也已經念不動了。她家裡人嫌我不好。他們家開工廠的。最後還是分手了。很無聊的事對吧？但我花了大把的時間對她認真。我媽也以為我變好了。只有我自己知道根本沒有。我什麼也沒變……」

他專注傾聽楊說話。楊的聲音高亢低落、高亢低落，頻率很固定，編織成一首奇怪的歌，而他像一臺靜坐的機器，任這些曲子在耳邊盤桓。

楊最後問他為什麼在做外送，短期缺錢嗎？記得外送很累的啊。你什麼時候開始做的？之前都做什麼工作？這些年一定過得很辛苦？

柏翰沒有回他，有點艱難地起身：「不聊了啦，我還要回去照顧我媽。」

「你媽怎麼了？」

「最近身體不太好而已。」

走之前，柏翰在楊的玄關上，放了那餐麥當勞的錢。

他並不圖什麼，單純只是想請他吃這一餐。畢竟除了麥當勞外，其實柏翰也不想請他吃別的東西。

03

一則搬運自中國的抖音的臉書短片：矮小、身形彎曲的侏儒坐在輪椅上，穿著休閒T恤，懷裡抱著一袋便當，用手抓著輪椅，平靜地滑進了一棟氣派嚴謹的商業大廈。

在遼闊的出入大廳，地面打蠟到反光，幾個西裝筆挺的人走過來，鄙視眼神看他，羞辱了他幾句話。

彎曲的侏儒抬頭，眼神射回去，面不改色的聽著他們凌遲他人的語言。

那些人罵完就歡快離去，而侏儒若有所思，卻帶著自信。

忽然，一個人走入畫面，開始服侍這位侏儒，問他怎麼穿成這樣呢？

這個影片他沒看完就滑掉了。他知道劇情後面的反轉，這些短片都是同樣邏輯。

他繼續滑。

「你去看你爸了沒。」

陪病床上，柏翰被慢慢轉醒的母親打斷。

「看了。」

「你有沒有好好吃東西？」

「有。我都有記得吃飯喝水。」

「我今天那個護理師跟我說……」

「你不要再兇別人了喔。」柏翰說：「我幫你找的看護已經被你罵跑兩個了。我沒那麼多錢再請。」

「為什麼我會凶她？因為她把我用很痛！」

母親忽然激動起來，他從陪病床上站起，把母親按在床上，安撫她的情緒。他拍拍她的肩，摸摸頭，再餵她喝一點水。

問她要不要上廁所，餓不餓，現在去幫她買。

在便利商店裡，柏翰站在冷氣的出風口，凝視著品項眾多的飲料，尋找母親想要的蘆筍汁，尋找母親走到今天如此神經質的原因。

在冰冷的出風口下，柏翰忍不住思考：棺木開始燃燒前的父親，是否也經歷過同等甚至更嚴酷的冰冷？或者在他生前，他一直都感覺很冰冷。

否則又為何走到了馬路中間，遭受一臺大卡車的迎面衝撞。

他們無法理解。以至於拿到那筆鉅額的保險金時，她跟母親無法不去想，這是父親把日子過下去的一種決定，他孤獨、果敢地做下了這個選擇。

畢竟原本的存款其實在將柏翰撈出醫院時，就已經燃燒見底。

原來，連剩下的生活都只是餘燼的一種。

每個禮拜天，柏翰都會去看父親。父親現在是他唯一的聊天對象。父親很安靜。柏翰會在那邊待三個小時，聆聽四面環鳥的聲音。

還有佛堂的誦經、沉重而穩定的跫音。那裡沒有認識的人，除了他自己。

非常平靜。離亡故的人那樣近。等待自己對世界的冷靜。

終於安撫了母親那晚，柏翰回家裡獨自睡，睡得並不好。

他翻來覆去。琢磨很久，究竟是出了什麼問題。

他比對了家中與病院裡橫躺側睡的優劣，最後有一個推測，那就是他有點習慣消毒水的味道。

好想運動。好想跑步。渴望心肺訓練、有氧運動的大汗淋漓。

他想起復健。復健的時候他經常大汗淋漓。

從此之後他沒看過想開麵包店的少年。

這幾年也沒聽過任何相關的倖存者開了麵包店的新聞或是報導。

很多人已經上了軌道。也許他也是。

在床上，他彎腰，壓著自己的右腳的腳筋，接著慢慢拉開自己左邊的褲管。

他的腳——那是一根細長的銀質管線，足部套著一雙愛迪達的拖鞋（這讓他不用看到那很矬的塑膠腳底），他繼續向下，撫摸纖細又堅韌的，他此刻完整的腳，想像自己摸索自己的一根小腿骨。

最原本的骨頭，到底長什麼樣子呢？

薄簾透進夜光。銀色的義肢在夜光下，側緣映照著皎潔的白。他忍不住去碰，發現那也是細小而不可觸摸的一片海。他輕輕搖晃。

他看著薄簾外，模模糊糊的一顆月亮。

即便遮了一層簾子還是掩蓋不住月亮那肥潤的圓，完滿得像要流出汁液。

隔天他陪母親吃了一場漫長的飯。

他聽母親唾罵著護理師的不上心。以及其他不知從何聽來的，關於看護的恐怖傳聞：凹折他人的身體、見死不救、用最低俗的語言彼此溝通。

柏翰說，他今天又去看了一次爸。

母親聽到以後又忽然發作，罵他生前又沒跟父親多好。也不回家。整天當想法奇怪的年輕人。正事不做。

柏翰點點頭。他出奇地同意。他完全沒有任何恨意或是一點點憤怒。

仔細一想，母親說的基本都是正確。

在母親的叨叨絮絮中，柏翰想到曾來探視過好幾次的宗教團體已經多月不來。彼時，一群穿著制服的人圍繞在他和母親的周遭，非常溫和有禮地說：「每個人來到這個世界上，多少都會有需要經歷的魔考。」

「這讓我們的生命，淬鍊出更多的意義。」

「或者這就是讓我們締結在一起的緣分，生命會更有力量與韌性。」

柏翰問：「請問師兄師姐，生命沒有力量與韌性，會怎麼樣嗎？」

「是誰定義了我們的生命？」

「為什麼有些事情注定會發生？」

一群人略顯尷尬，所有的答覆都無法滿足他。

數次之後，那些人就不再來。

他感覺自己像一個不可理喻的嬰孩，被困在一個過於龐大的軀殼裡面。

這個肉身無限地邁向破壞與衰老，而內在卻永恆地在某一個時間裡空轉。

這一晚他離開母親，離開醫院，也離開父親，獨自走入一間販賣煙火的五金行。

十五分鐘以後，他步出那間五金行，腳步穩健，走到一座沒有行人的公園，滿地都是枯枝壞葉。他每一步都踩斷了葉的身體。

不遠處有一個破敗的涼亭，三張長椅鋪滿黃掉的棉被。

他穿過涼亭，經過生鏽的單槓與眼珠掉漆的大象溜滑梯。

他走向更深的地方。周遭一片寂靜，漆黑幽邃，像無限擴張的漩渦。

柏翰滿身是汗，終於停步。

他盲眼掏出紅色塑膠袋裡的每個煙火，放在自己身前。

彎下腰，他用打火機點燃仙女棒。

碎火通明，他接著將仙女棒點燃另一盒萬里紅。

數秒後，煙火衝天。他聞到煙硝的味道，鼻子不小心太得靠近，鼻尖被風銳利擦過，有點燙。

抬起頭，他的瞳孔瞬間流淌出七彩的河。在河的縫隙裡，陳柏翰放聲大哭。光在夜空中匯聚成一片遼闊的海，溫柔地將他包覆了起來。

二〇二三年九月

原載於《小說家 Vol. 02》

遠行

三年來第一次真正出門，他在距離家外一條巷子的轉角處，發現巨大綠色招牌燈。機構名稱是「康馨」還是「馨康」？他有些忘了，卻深深記得招牌下方，置底排列的所有關鍵詞，他甚至記得它們的順序：家務協助、肢體活動、身體清潔、就醫陪伴、餐食照顧……最後一個詞是「喘息服務」，他必須小心、謹慎地繞過心中的某一個念頭，才有辦法非常輕鬆地，把這四個字在心裡默默地讀出來。

這些關鍵詞組，讓他想起自己小時候，乾乾扁扁的身體。那年他身高一百二十幾公分，有一具還沒發育完全，又粉嫩脆弱的肉軀。

他在河濱公園旁學腳踏車，還學不會平衡。他顫抖著聲音，大喊：「不要放開。」男人則推著自行車後座，一面說：「我不放手你就永遠學不會囉！」

男人放手。他滑行了一公尺，右傾滑倒，整臺車直接壓在他身上。

他的膝蓋跟小腿都有很醜的外傷，男人牽起車，把他扶到旁邊盤腿坐好，並拿出備好的面速力達母溫和輕敷。男人說：「其實哭出來也沒關係。」他沒有哭，只是腳很痛。

他想，他怎麼可能哭啊。有印象以來他就不哭的。對哭這件事，他一直覺得弔詭，他不認為哭是弱的展現，但他不只討厭哭，也無法哭——彷彿天生就缺乏淚腺，若非某些生理上的因素讓他確定自己還有這個器官（比方打呵欠），他幾乎相信自己是沒有眼淚的人。

偶爾他洗臉的時候會特別摸自己的五官。尤其洗澡時。他近視深，小五開始戴眼鏡，度數從四百開始不可逆的飆升。從此洗澡視線糊成一片也不成阻礙。

這樣的習慣從那一日開始有了一點改變。當他撫摸到自己身體，他突然覺得手掌按在皮膚表面上的觸感變得很不真實。

這種不真實非常難以言喻。他的手掌有自己的記憶：它早就爛熟於從肩胛到腳趾中間，每一道皺褶與凹陷，閉著眼也能夠洗淨。包含他的脊椎哪一節因長期彎腰低頭所以偏移，也包含他那年單車重摔，小腿雖已痊癒但留下的一條疤。

因此這種不真實大抵也包含了：他好像從未真正看清楚自己的身體到底長得什麼樣子。

洗完臉，他掛回了眼鏡。眼鏡瞬間充滿霧氣，他摘下來好好擦了一遍，然後凝視著鏡子裡那張臉，還有身體。

臉上沒刮乾淨的鬍渣，讓他的精神像被硫酸腐蝕過。背脊駝得像一根彎曲不完全的枴杖糖。

他開始深呼吸，雙手抬高，把背脊緩緩往上拉。拉直，踮腳尖，兩隻手臂左右放下，他看著挺胸的自己，看著明顯的肋骨。

一具逐漸開展、舒張開來的身體。

以及，另一具逐漸冷卻、動彈不得的身體。

一樣的浴室，那一日對著鏡子，他扶著男人凝視自己的身體。男人舉不起自己的手。

「怎麼會這樣？」

他這輩子還沒有這麼靠近過宣讀死刑的心情。他知道自己不須像電影裡那樣，去做一種必然的欺瞞。他們之間走到今天已經不需要這樣。

對著鏡中這名開始長出白髮、教他騎腳踏車，並且養育他成年的男人，他壓低自己的顫抖說：「欸，你這好像是漸凍症耶。」

K還很常拜訪他家的那兩年，總會帶好幾樣東西來。這些東西通常分成兩類：水果或餅乾禮盒，以及書。前者是給男人跟女人。給他的則是一些漫畫或是K自覺幾本重要的書。

K會十分嫻熟、小力地把他的房門打開：先敲門，等待幾秒；推開喇叭鎖，探頭，輕踩腳步，抱著後背包進入。

房間很慷慨，房間很友善，房間觀看你的二十四小時並全然地接納。他想。並盤坐彎腰在一地的書裡，身後有光，來自電腦，螢幕裡是打到一半被他暫停的單機即時戰略遊戲。

「把我房間當儲物櫃喔。」看著K這次又帶來的這批書，他冷冷說。

K說：「反正宿舍裡的書已經滿到擺不下了，而且這些都很好看。」

好看不會自己留著？他心裡作如是想。K擅自把他的深綠色窗簾打開，窗戶也是，陽光大量穿入，夏天黏熱的風全部吹進房間。

他說：「關起來，可以嗎？」

K說：「房間都悶到有味道了，你沒感覺嗎？」

他沉默，看著K將手放進口袋偷偷按下錄音筆。然後說，這套漫畫很好看哦！我存了很久才買。雖然原作的畫功不是很好，可是他談的是人類被圍牆困住的故事，人類如果不突圍就會死在裡面。不覺得這故事很有現實的指涉性嗎？

他問，你講的是《進擊的巨人》嗎？

K說，類似，不過這本是新作品喔。

他又問，除了漫畫，這次還帶什麼書？

K振奮地說，哦，這個是上課的時候，我發現的理論書，我覺得很好看……

每一到兩個月他們都會有類似這樣的對話。如此漫長，不著邊際，也沒有終點。

K是他大學同學，曾有兩年在外住宿的時候租同一間。他想也許當時就已有一種藺居的傾向。白天潛伏在套房裡面打電腦遊戲，及至昏黃交際，和K拉開窗簾，插電香驅蚊，把紗窗拉開，一根接著一根慢慢地抽菸。抽到呼吸困難，胃會痛，大量喝水，排放出去，然後開門去吃宵夜。日日反覆，把自己縮到最小，悄悄藏起。

「你沒想過未來要做什麼嗎？」他說。

「誰知道呢，如果知道我們還會在這裡嗎？」

他忽然有點害怕：「難道你不覺得，這一切像是沒有盡頭？」K沒回話，只是靜靜地看著他，臉逐漸在纏繞的煙霧中被隱藏起來。

數年後他回到家然後再也不出門；K卻離開了南部的家鄉，在北部讀起研究所。

「不洗一下學歷，外面很難混耶。」K說：「我又沒要簽志願役。」

他沉默。K說：「還是不想把大學念完嗎？」

他有點不耐：「要問幾次？」

K繼續說：你那麼聰明，書也看得比我快，幹麼要白白浪費自己的天分。你是我遇過思考最有邏輯的人，我很多同學都很爛。你應該試著把自己的才能換成錢。

K一直說，一直無視著他的沉默——總是如此。

K買了兩杯手搖店的紅茶，K的已經見底，而他一口都沒喝。K口很渴，像永遠都無法被滿足的樣子。

K離開他的房間後，他總能聽見K與男人女人聊很久。

他疏於言語，耳朵在這段時間變得極其敏銳：能聽見窗外風穿越樹葉的聲音、廣大公園裡某一隻狗的短促嗚吠、還有深居簡出的某一戶，淡淡遠遠的鋼琴……。

他也能聽到房門外的那幾句：還是不出門嗎？還是在看書嗎？還是在打電動嗎？你多勸勸他。勸了沒有用嗎？他跟你多說了什麼？今天都還好？

K說放心他會好的。一切都已經越來越好了。我會多關心他。不會有問題的，畢竟他大學就是很開朗的人，不是天生就這樣。伯父伯母要再多給他一點時間。

沒必要把自己搞成這樣吧。

到底這句話是誰說的，他沒聽清楚。

拿起紅茶，把吸管插破封膜。他的舌尖一接觸到香料中的澀味，便忽然無法收束，一直吞飲。

男人打破安靜說，他能多跟你學學有多好。

K說，伯父別這樣講，他腦袋是真的好，只是現在遇到一點問題而已。我來這邊也是想幫助他解決這個問題。

男人說，所以這個問題是可以被解決的嗎？我們需要做什麼改變嗎？這也很難說。

K說，不用不用。說不定我們不需要改變什麼，有一天他也會自己走出房門。

狂飲的紅茶，在他胃袋裡躁動。飽脹的膀胱，讓他兩隻小腿充滿力量，站起來時他走出自己的房間，宛如他每日都是這樣子走出自己的房間。他迎著從客廳落地窗照進來的陽光。

陽光刺眼。他走得太普通、太輕鬆。大家紛紛轉頭看他。他避開震驚、喜悅、快樂的眼。他看著K。像把一根針用力穿進去那樣地看。

「夠了沒？你只是把我當個案，拿去寫自己的碩論而已！」

他握著薄薄的塑膠杯，下腹沸騰著前所未有的冰冷。

K不再來的第三個月，女人到了東部禮佛。由於兩天無法開伙，他向男人借餐錢。「為什麼你都活到了這個年紀，連五百塊都要跟我要？你真的很丟臉！」男人憤怒地說。

他沉默，他對自己說：丟臉是什麼？他也曾經認真地活過。

做志工，幾無酬庸。做夢的人，把夢都給做成了看不見的無底洞。你做那什麼爛雜誌，不給你薪水，難道做得過天下、商周嗎？什麼時候要為你自己的人生負責？那幾個月，男人經常歇斯底里。

歇斯底里的也不只男人。無薪雜誌的創刊人：「你不要再講一些沒人聽得懂的建議了。」「我們希望一起把事情變好，而不是越討論越糟。」「大家都是犧牲自己的時間過來，請不要浪費大家的時間。」他起身去如廁。身後一名寫手壓低自己的聲音：「我覺得他可能需要專業的幫助，你們對他有點太嚴苛。」

故作耳聾。因為他除了耳聾之外沒有辦法。

某個深夜剩他一人醒著，忽然很口渴。躡手躡腳出門，走在無人的小弄中。只有全家是亮的，他走進去，其實也並不真的要買什麼，他什麼也不缺。連店員也懶得看他，兀自補貨，最後他結了一杯伯朗咖啡，低著頭。

一則已經十年的新聞，來自日本。傳聞巨大海嘯已經捲到眼前，關在房裡若干年的少年依然拒絕逃生，看著面帶驚恐的母親，說出最後的遺言：「人的眼神比海嘯更可怕。」然後少年便連同自己的房間跟海嘯交融在一起。

他一直在想這則報導，趿著自己龐大的影子回到房間。

回到房裡的時候，他沒有開燈，影子湧進深夜的海。

女人問：所以你在害怕什麼呢？我知道你都半夜出門。所以你是可以出門的吧？

男人說：他就只是任性地做他想做的事情而已，他就是人家說的「宅男」，他是我們家的恥辱。

凝視著書桌上的小鹽燈，夜晚不管多長對他而言都永遠是短。

禮佛回來後，女人傍晚做飯。廚房裡傳出物品爆裂的聲響。事後想起那竟也是飛進耳膜的淺淺海嘯。他打開房門，走出來的時候非常小心，不太清楚自己是真的害怕，或只是想推遲自己看見的時間。

火未關，蒜與青蔥焦在鍋底，抽油煙機嗡嗡大作，但人已倒在地上，手中捏一把失溫的鍋鏟。

這就是女人此生的尾聲。如同一道驚詫閃電，而他真的只來得及聽。

葬禮進行的時候，各路親友與佛友都來捻香。他低著頭，泅泳在他熟悉的沉默裡。

致意的人想問的問題，他都知道：你後悔嗎？你有感到那麼一點點愧疚嗎？有想過要向女人說一聲「對不起」嗎？你有沒有想過……因此開始創造自己的人生？

人們通常不會知道，他沒有一日不是醒於愧疚而寐於疲勞。

整場葬禮他沒有負責很多，男人的唯一請託是：在指定的時間跟地點出現。因為他是家中唯一的後嗣。雖然他處在人群中總是滿背的冷汗但還是去了。

他還以為罵人的詞彙竟也是一種消耗品，罵完就沒了。

生活有了巨大的改變，譬如飲食。沒人進廚房，他們成了徹頭徹尾的外食族。男人買了一個放在家門外的三層置物櫃，外送員可以把東西擱在那邊就走，他不用接觸到人。

他也練習。練習自己走到房門，把食物拿進來。把自己活得像一隻鼴鼠。或者練習把自己複習成一個會開門的正常人。

週休二日他們會一起吃飯。吃飯的時候，消失的煙硝味，讓他有陣子都很不習慣。

男人溫和地說，我帶你一起看醫師吧。

他同樣溫和：「我這個不是病，我沒有生病。」

男人沒有反駁。男人認真地聽，雖然沒有抵達他給的答案，可是給予了足夠的空白。

他能明白男人的空白。有些怒火燒得太久就反而把人燒回了原點。

有時他也會發現：他們沒能改變他，他卻彷彿默默改變了男人。

男人昔日都是超過十二點才返家，卻開始九點前準時進家門。回家之後也鮮少再出門。

彷彿閒不下來似的，進家門之後，家事做得非常焦慮。男人面無表情卻偶有冷汗。穿梭在客廳與樓梯的身影分不清是在揪出家裡的鬼魂抑或是他本身成為了家裡的鬼魂一種。

兩個人把自己都潛入了深度的安靜之中，那裡什麼也沒有。

首先，男人兀自去藥房買了鎮定藥來吃。不過效果很弱。

再來，他有時走路會突發性地無力。猝然撞一下牆。對聲音異常敏感的他衝出，又會看到男人看著他，彷若無事。

還有一次，他聽見了男人在客廳起劇烈喘息。他沒關心。他判斷男人也有想獨自流淚的時刻，如同他也不願意被看見那樣，他也給男人不被看見的自由。

一個男人反覆按摩關節的日子。晚上他深深地吸了一口氣，說，不然，我帶你去看醫師。

男人說，我哪有生病？只是比較緊張。我只是需要再放輕鬆一點。

他說，你這陣子先休息，家事我來做。

男人說，你知道怎麼做嗎？垃圾袋要買幾號？烘碗機要烘多久？吸塵器放哪裡？媽媽都禮拜幾收衣服洗衣服？用哪一個牌子？

他忍不住問了一句：「所以你原本就全都知道嗎？」

男人沉默。

該要怎麼去煮飯。兩個人的量怎麼抓？平常吃的米飯，口感究竟是煮了多久時間？一尾魚怎麼煎，如果要外酥內軟。一盤空心菜要怎麼炒？記得要放米酒，那辣椒呢？

女人的手機有菜販的 Line，他加了對方之後每個禮拜都把要購買的清單寫好，固定傳給對方，請對方到家門口的三層櫃，也用 Line 支付費用。菜販大叔：「咦，弟弟，現在怎麼都是你來買菜？你媽媽人咧？你會煮觔？」

我會、我會、謝謝叔叔。他反覆喃喃自語。好像只是在回答給自己聽。

該要怎麼把地板，清潔得像女人之前做的那麼好？他沒有一次成功。總是胡擦亂抹，在這個運動中力氣是水，潑灑滿地又默默蒸發。無怪乎男人也從來無法真正把家裡打掃乾淨，即便男人強調自己每週都執行嚴格的清潔，家中卻永遠駐著一塊灰色的影，無法被剔除。

這一切全成為無效的追逐。他透過日常的失敗，把挫折編織成一張椅子，召喚女人不存在的責罵，搭建只有聲音的招魂術。

有時他也會癱坐在冰冷的磁磚上，看著玄關處的一枚時鐘。

他上網查。做筆記。考驗自己的意志力。他有一本新的筆記本，上面寫的全是他要做的事。

他們都很意外女人存了一大筆私房錢，這筆錢撈住了他們之後的日子。男人疏於言語而毫無表情；他同樣啞口無言卻非常震驚，時常臆測女人怎麼計畫未來的事情。

她是不是想環遊世界？她是不是想把這筆錢拿去買一直很喜歡的，一個臺灣藝術家的系列畫作？她也說過想在宜蘭開一間供餐的咖啡廳，因為她的廚藝一直很好。

她到底想拿來做哪些事呢？他已經得不到答案了。

他們毫無選擇地拿這筆金錢來對抗漸凍症。男人也不再對他歇斯底里。

每日的支出都讓他感覺自己正割著女人的靈肉來餵養自己跟男人。一切全化作他們所看見、吞下的事物，然後很自然地排泄出去。留在他們身體裡的是對女人日益壯碩的愧疚。

女人不再出現的幾個月，家很安靜。

期間，男人幾度不留下任何言語，徒留悠悠轉醒的他在空蕩蕩的房子裡。男人晚上歸家，滿頭大汗，顯然步行吃力。他問男人去何處，男人不答。男人究竟去到何方，他沒有答案。他心中沒譜。只是總有些突然的時刻，男人會悄然無聲地離開這個家，於晚上歸返。他在想，是否要問男人到底都去了哪裡？未來也許可以帶著男人去那些地方。

雖然這麼想的同時，他的背脊漸漸充滿汗水。

後來，當所有的光都還很隱晦，像一對正要成形的眼睛時，他會在浴室裡熱好一盆溫水，等待替男人洗漱。

走進廚房，他為他們自己熬粥。偶爾會改成一碗清湯麵。

天亮，男人睜眼。

天亮，他伸手扶起男人的身體。

他引領著男人的肢體。他輕柔地拉抬男人手臂，像在舒展自己的。他沒想過會再近距離觸摸著男人的皮骨肉。與他記憶中的相差甚遠。男人的手比他所想的還要乾燥，表面卻非常炙熱，血液循環好。

我以前是棒球隊的耶，男人說，我是當家捕手，再刁鑽的球路我都接得下來。

他便想起這幾個月查遍的資料，運動神經元症。縮寫ALS。WHO五大絕症之一。霍金。「像靈魂被關在樹木裡面。」一個紀錄片裡的醫師說。也就是身體會逐漸僵硬成一株不能動的樹。下半句充滿恐懼的想像：這個人所有的感覺都還在但甚至可能發不出自己的聲音。

在之前習慣的作息裡，他半夜也會做固定五組的肌核心運動，感受自己肌肉拉伸的痠痛，在緩慢又不標準的姿勢裡面，他不會流汗，但感覺到自己面色通紅。他擁有一具被浪費的身體，他不出門，他在家，他廢。

原先他是這麼想的。直到男人的身體開始與樹木有了通聯。

你會不會擔心自己也這樣？男人問。

還好。他冷冷地說。

以前一直罵你有病，沒想到。男人沒說完後半句。

他對這種對話感到很厭煩，打斷男人：「這不是我們的錯。」他說完，四周滲入神奇、舒緩的寧靜。

男人說，「我有一件事想請你幫忙。」

自從開始照顧男人，他對生命有了另外一層體悟，尤其在照顧植物的時候。陽臺所栽種的盆栽，每一盆都生機勃勃：英國薄荷、白水木、海葡萄、澳洲茶樹……。他在這群盆栽中找到了成就感，並非常小心地呵護。

澆水時他放空。換盆時也是。他也學習如何修剪，偶爾一面開著影片，邊看邊記。植物是整間房子唯一正向回報他的東西。

啊，他想生命果然不是討價還價來的。

他一面澆水一面想著男人的提議，如果這也不答應那一切又何必開始。畢竟他能克服的已經只剩他自己。

這不是一個對與錯的問題，是一個如何把自己拋擲到這個世界的問題。

他思索著自己那一句「我沒有病」。病是什麼呢？說起來他發現這年代病也已經太多，多得讓他也不清楚什麼是正常。最初指著他，嘲笑他的人，算不算有病？第一個對他動手、使他受傷的人，算不算有病？或者像K那樣子對他動腦筋，算不算有病？

澆完水，他滑instagram。K更新自己的貼文，且篇幅甚鉅。一張精裝版的碩士論文照片，標題：「臺灣九〇年代尼特族形成分析研究」。內文：謝謝這三年多一直支持、鼓舞我做這個題目的指導，與其說我拿到了這個學位，不如說我透過這個學位去了解一直不懂的事，接下來準備好好工作，好好生活，大家的祝福我都收到了。九十七個人點愛心。最後一張照片，K穿碩士袍在偌大的圖書館門口前，貼著自己精裝版的論文，笑得很知足。

留言數則：「試著打破大家對尼特族的想像，哥真的太不容易了」、「中間的辛苦我都懂，碩士快樂」、「這論文很厲害，看哭了。尼特族真的很可憐，謝謝你幫他們寫出困境！」……

所有留言他都一則一則地讀完了，並在評論中咀嚼出殘忍的幽默感。

夜裡，他扶著男人進浴室。浴室裡，一座巨大鴛鴦盆，盆底鴛鴦被波紋揉得充滿皺褶。白色的棉質長巾被丟下水，撈上來，然後慢慢擰乾。

他準備替男人擦澡。脫下的衣，整齊平疊在架高的鐵欄杆。男人身上的皮膚也浮滿皺褶，浮著淡淡的黑。

皺褶的水，皺褶的黑，皺褶的毛巾。

他的手扶在男人的尾脊，他問還會不舒服嗎。

「不會啦。」

「會要講。」

「不會啦，我現在感覺很正常。」

「話說，你之前突然出門，到底都走去哪？」

他幫男人擦到手腕。男人左手舉起，輕輕地拍住他手臂。你的手很有力嘛。他說，但他看不見男人的表情。

「是不是哪裡痠？要不要再帶你回去檢查？」

「我想洗澡。」

「我正在幫你洗啊。」

「我想自己洗。可以嗎？」

此時拴緊的水龍頭落下一顆凝聚很久的水滴。

他把毛巾摺好，放在男人大腿上。並且把所有洗髮精跟沐浴乳放到男人腳邊，起身走出浴室。

有需要再叫我喔，他本來想這麼說。但他最後替男人將喇叭鎖反鎖。

男人有獨屬於自己的空間，那個空間就是他的房間。

晚上八點就夜涼如水，十二樓陽臺風很大，兩邊的龜背芋、蔓綠絨蓬勃瘋長，迎風搖擺。

他指尖的菸頭非常猖獗。

他拿的是男人沒有再抽過的菸。

上一回對菸有如此龐大的慾望，應該是大學與K同居那兩年。他想起絕交已久的K在那次劇烈爭吵中所留下的最後一句話。

「我看你的人生就停在這裡了吧！這輩子都注定要靠父母養了吧！」

這詛咒般的話語。這幽魂般的話語。如今K又會用什麼角度來凝視他呢，抑或是就此揚長而去？

❖

那日男人懇切的請求是，想吃一碗鱔魚意麵。

但是這間專門賣鱔魚意麵的店家，在Uber、熊貓等外送平臺都沒有合作。是一間離家要走二十分鐘的店。為何是以走路的時間來算，因為他不會騎機車，也沒打算搭與人緊密接觸的大眾交通工具。尤其在吃飯下班的尖峰時間。

鱔魚意麵是無法自己做的食物。他很困擾。主要是男人指定的那間鱔魚意麵曾是女人買回家給大家吃過的，因此也意味著這間店的不可替換。

這段時間以來，他習得如何去「計畫」。回診的時候，可以挑人最少的時段。跟醫師與物理治療師溝通，他們也能夠理解他為何總選奇怪的時間。然而買鱔魚意麵卻完全在他的計畫之外。

他開啟google map，發現那間鱔魚意麵是一間必然排隊的名店。四點九顆星，好評如潮。他想，絕不走人最多的路，即便要超過半小時才能走到目的地也在所不惜。他在電腦上調整著 google map 的路線，思考如果有路必走小巷，最後抵達會需要多久時間。

他調整的路線來回約莫要一個多小時。

他擬定了那一天的方針：早上替男人煮完粥，簡單地復健後，提早出門，估計排隊三十分鐘，回來時應該能下午一點前吃到午餐。

決定出門的那一日天氣極好。走路時他盡量走陰影處，若有人就自動閃得很遠，把頭壓低，用視線探路。去程順利，但苦難才在後面。店十一點開，他十點半到，已有長長人龍。

一定要排嗎？我真的要排嗎？我怎麼不乾脆勸服他我隨便煮一碗麵就好了？他一直想著這個問題。

他夾在人群中間。他正在盜汗。人們以為他熱。他甚至不確定是不是能完好地組織一個句子。

他捏著自己的口袋。想像其他人都只是一顆不會動的樹……國小的級任導師：「上臺講話如果會緊張，就想像下面的人都是樹就好。」他心想：怎麼又是樹。

他的汗極其誇張，把整個背都浸溼。他不看後方，絕對不迎上誰的眼神。

他覺得實在太荒謬了，什麼時候他的人生連買一碗麵都這麼像要去自盡。

他提兩袋麵走在回程的路上，遲遲不能甩脫淩遲般的羞辱感。

他知道自己走路的樣子鐵定非常好笑、非常詭異，因為他感覺到自己的肌肉不能控制地在抖動，他人投來懼怕的視線，對他而言全是劇烈的鞭笞，痛只有瞬間，重點在於漫長的持續。這時他真的能體會男人——身體有時真的不是自己的。連長在身上的肉體也會被剝奪。

眼鏡開始霧了。

男人說：「其實哭出來也沒關係。」

怎麼可能哭？他是沒有眼淚的人。行走在欒樹的影裡，他搓著自己潤掉的雙手，看著長路盡頭，那住了將近三十年的大樓。鏡片裡的氤氳，讓他看不見自己家的陽臺。他養的那些植物在哪？

他調節自己的呼吸。他處在平地，卻發作著宛如沒有止歇的高山症。他告訴自己這些關於身體的不適，其實都有方法可以克服。一定能夠克服。

沒有想過自己走到了這種地方，所以難受也正常，因為這可是第一次的遠行……。握著拳頭，他這麼想。

二〇二二年七月

鄰居

屋子裡少了一個人，她還是不太習慣。

足根鑽進鞋底，關上鋁門，瓊枝忍不住又看向左邊那一戶的封閉式的鞋櫃。她至今沒看清過裡面到底收納幾雙鞋，抬頭剛好對上默默爛了一角的春聯。

那一戶，是李太太，還是廖太太？瓊枝思考。依稀記得上次去繳管理費的時候也有遇到對方，整個人看起來還算精神，也跟自己寒暄了幾句。但她們當時講了些什麼？是關心已經很久沒出現的弟弟？還是問自己今天要去哪？

她想起最近總有女人的啜泣聲，瓊枝不確定是否就是從那戶傳來。

天氣燠熱。她走在街上，盡量靠在人行道的樹蔭底行走。恰好一臺特斯拉從她旁邊駛過，車殼消光酒紅色，聽說消光的車殼非常難保養。以前她也有過一輛福特的紅色轎車，開沒幾年就賣了。

特斯拉飛奔而去，另一輛滿載的公車靠近，緩緩煞車，等待漫長紅燈。停煞的聲音暫歇，車體把高溫飄散出去，瓊枝耳際感受到熱浪侵襲。

她瞥見坐在窗邊，半頭花白的李師姐。他們身上穿著同款制服，馬上就吸引到彼此的目光。李師姐對瓊枝淺笑點頭。

李師姐前年受證，今年已升格為區組長。

瓊枝想到，自己成為會員大約也有十年左右的時間了。起初，她對參與團隊活動缺乏興致，通常被身邊的師兄姐們半推半就，拉著做活動。有時，她可以想出理由拒絕，但更多時候還只能是答應——儘管不是那麼情願。李師姐的出現，終於讓大家不再花這麼多心思關心瓊枝。「說不定李師姐很快就會成為跟瓊枝姐一樣的大組長耶！」上回三十來歲的小商興沖沖地對瓊枝說。兩人在慧舍開完會後，到對面的小七喝咖啡，一邊整理愛心關懷戶名單。

瓊枝點點頭，淺笑糊弄過去：「是啊李師姐很有慧根。」

上週，正好瓊枝跟李師姐輪到同一組，得去慧舍做淨土志工。八點，兩人在道場內的二樓相遇後，一起去裝滿一大桶水，接著各自掬水、搓溼抹布，分別到兩處擦地。

木地板冷熱交替，一半已經被太陽晒得暖熱。

「瓊枝師姐，不要勉強，累了就休息，剩下我來擦。」

「我沒退化得這麼嚴重啦。」

「你上個月不是腳還扭到？大家都很擔心你。」

「輕傷而已，還能稍微照顧我弟弟。」

「那樣的日子一定很辛苦。」

李師姐那句話是什麼意思呢？忽然對一個人說：「那樣的日子一定很辛苦。」不知道「那樣」是指「哪一樣」？瓊枝明白道場的人是怎麼描述（揣測）她的生平——喪子、夫不詳，投靠弟弟。這就是他們知道的，最多的部分。她從未正面回應過那些——她不覺得今天來這裡參加團體生活，有必要清楚說明這些問題。

她合十回覆：「阿彌陀佛，都走過來了。」然後繼續彎身，掬水，弓著已脆化的背，擦拭潔淨的木地板，來來回回反覆數次。李師姐見狀，說：「瓊枝，你戇（gōng）去喔！那邊我已經擦過了。」

她假裝沒聽到，從東側趴跪擦到西側。餘光瞄著通過氣密窗照在地板的光影。

公車發動，老舊引擎發出刺耳的轟隆聲，像小小的一場不欲人知的爆炸。她跟李師姐笑著相互揮手。

一路上，瓊枝陸續遇到穿著相同制服的人。她想今年的佛誕日應該也會如往常那般熱鬧。

她遙遙望著那輛公車從大十字路口左轉，排氣管噴出陣陣黑氣。只要轉過去後，再走個十分鐘，就能見到園區的門口。

這條路算算也走了七八年吧。她並不常搭公車，雖然從住家樓下的那個公車站，搭到園區的道場也只要三站，大約五分鐘。不過瓊枝更喜歡走路，因為走路的

ＣＰ值很高——她現在非常需要每天七八千步上下的「輕運動」。她不能跑步，頂多超慢跑。而這漫長但剛好的二十分鐘的路程，讓她可以轉換腦袋，使自己放鬆下來。

走進道場這麼多年，為的就是做一些跟生活完全不相關的事情，成為另一個她沒想過的人而已。

在走到大十字路口前，她還有一個四十六秒的小馬路要等。瓊枝忽然想喝點水，翻遍自己的包包，才發現出門時忘記帶到自己那個象印牌水壺。

馬路旁的巷子底，有間經營多年的雜貨店，瓊枝於是走到裡面去買了一罐礦泉水。她腳程比較慢，結帳的時候衰老的老闆又找了一陣子零錢。結果，等瓊枝走出巷子，又要重新等一次完整的四十六秒。

她從鼻子嘆了長長的氣，默默旋開礦泉水瓶子。

又一臺車子從她身邊停下來，她沒有很注意，優雅地喝水。

箱型車的車門從裡面被拉開，幾名年輕人動作俐落跳下車，朝她走過去。

瓊枝嘴裡含著常溫水，退了幾步，想讓他們進去巷子；下一秒她細弱的手臂忽被用力按住，回頭瞄到車型跟幾張背光的臉，嘴裡的水也嗆進喉間，發不出聲音，因為再下一秒她已被另一隻手按住嘴巴。同時眼睛被布遮住，瓊枝像玻璃玩偶被三名男人輕鬆寫意地抬起，扔進寒冷的車廂後座。

旁邊的人是不是有發出驚呼聲？她聽不見。事情就是從這裡開始的。

❖

她努力回想上一秒的畫面：一輛六人座的黑色廂型車，車頭三菱標誌。車牌卻沒能記起來。

後座半點人聲也沒有，瓊枝焦慮地想，自己已是這把年紀，誰會突然綁架她？

弟弟生前沒有欠錢。甚至，在瓊枝經濟最困難的時候伸出援手救濟她。弟弟的個性謹慎，思考也很周延，包含臨終需要的錢。他終身未婚，保險的受益人寫瓊枝，瓊枝感恩以外，同時充滿愧疚。她能為弟弟做的非常有限。

還是弟弟有得罪過人？瓊枝思索。他後事辦得清簡，若真有仇，人都入殮了，為何還找上她？從小到大，弟弟都很低調——身材不高不矮，成績中段班，聯考考上了一間大學，畢業後進入一間日商公司上班，製造計算機。從國小到高中，經常來往的朋友總計不超過五位，現今全是老男人。

弟弟走的時候，活著的剩三位。有辦法到場的，一位。

說起來，弟弟根本不可能有仇人吧。

瓊枝聽見駕駛人咳了一聲，打開車窗，朝外面吐痰。吐完，忽然過彎，又急又狠。但車子依然很穩，讓這連連的嘖聲顯得有些衝突——瓊枝在聽到那些暴躁的碎語後，還真的想起了一個人。

❖

那幾年登門討債的人很多。結婚後的第五個夏天，瓊枝學會的第一個電工技能，是修電燈泡。

記得客廳那盞燈經常顯得過於慘白又容易斷電。他不換，後來她學會自己換了。

起初被電得很慘。幾次之後，她就不太畏懼。

從這份無畏之中，經驗了幾種沒成功的步驟，隔天她去書店裡站著把水電技能的書，翻到燈泡的段落那一章節。內容、原理，通通記在腦海裡，回家再試，成功了。

她將幾盞家裡快要壞掉的燈全部都修了一次，夜裡通明的光，讓她心情經常感到很舒暢。

另一項讓瓊枝上手的物品，是電腦。

彼時的電腦，螢幕還做得很厚很胖，不像如今已全面汰換的液晶螢幕。

經常被放倒的主機，裡頭的風扇濺出機殼，歪歪斜斜、掙扎似的，扇面慢慢運轉。滑鼠垂吊在桌的邊緣，滾球噴出，滑到沙發的椅腳，停在邊緣，維持著奇異的平衡。

瓊枝拾起那顆滾球，捧在手心。

深夜裡，家裡安靜得只有風從窗的邊縫裡滲透進來的聲音。她起床收拾這些殘景，打開那些她修好的燈，在白色的光底下，重新把這些東西還原成它們原本的模樣。

遇到不會的地方，她就寫進筆記本。下班時候，走進書局，站在資訊類的書目中，選出一本與電腦修繕有關的工具書，攤開目錄：

3 電腦組裝指南
3-1 安裝電腦主機零組件
3-1-1 閱讀主機板手冊
3-1-2 電腦組裝流程
3-1-3 調整主機外殼
3-1-4 安裝CPU與散熱風扇

3-1-5 安裝記憶體
3-1-6 安裝主機板
3-1-7 安裝主機板電源

其中一個主題專門介紹電腦病毒。她晃眼過去馬上被關鍵詞吸引：

7-1 初識病毒與木馬
7-1-1 什麼是病毒
7-1-2 什麼是木馬
7-1-3 病毒與木馬的差異
7-1-4 病毒預防方法
7-1-5 木馬預防方法

隨著目錄引導，翻到該章節，仔細閱讀作者如何定義電腦病毒。

電腦病毒可以類比成是我們人類感冒的病毒。這種病毒以人體為傳播媒介，電腦病毒則以「在電腦間傳播」為目標；意即，如同感冒病毒沒有宿主細胞就無法繁殖複製，電腦病毒如果沒有檔案或文件也無法複製、散布出去。

嚴格意義上來說：電腦病毒就是惡意程式碼或程式。它們可以改變電腦的運作方式，並在電腦間互相傳播。病毒可將己身插入或附加到支援巨集的合法程式或文件之上，以執行其程式碼。在這個過程中，病毒可能導致意外或破壞性的影響，例如毀損或破壞資料以傷害系統軟體。

那本工具書時價六百五十元。她只猶豫了一下，就到櫃臺結帳。

那應該是她第一本買回家的工具書，許多個夜晚，她在接下來同樣清冷的客廳中，掛著銀邊眼鏡，把厚厚一本書攤開，讀著裡面的每個字。

她在那間書局認識了老闆，老闆當時就是慧舍的志工，常問她要不要捐款。她三百元五百元地繳，當作花錢消災。

後來，企圖闖進家裡的人還真的變少。男人也迎來一份新工作，是瓊枝朋友主動私下介紹。男人得知後感激地哭了，跟瓊枝借了錢，買了一份家鄉的伴手禮報答。

「這錢我想算了吧，也不用還。」瓊枝說。

男人沒應好，也沒說不好，只是靜靜不語，把頭轉到一邊去。當時兩人在顛簸的火車上，車廂一路震動不已，他們各自看向窗外急促飛過的山景。

年輕的他還真不是這個樣子，瓊枝心想。她聽老一輩人的說法，說性格決定人的一生；但她沒料想到，男人性格轉變得這麼大——就像是自己認識的他，好像是「裝的」、「演的」，如今表現出來的樣子才是真實。

更年輕的他對她說過很多次入黨跟做運動的熱誠。他背得出黨的規章。當然瓊枝老早就聽膩了——不過她從來沒有制止過他。那樣年輕、熱情、充滿信念的肢體語言，還有情感滿溢的表情及眼神，瓊枝非常激賞，也真心傾慕。那是她所沒有的東西。

她知道自己所具有的，是把物質生活過好的能力。所以她並不介意自己在往後的人生負擔這個項目。他們也曾經就「生活」的主題，徹夜長談好幾個晚上，談到後面，他總會哭著跟瓊枝說：「對不起，我太驕傲了。」

她想，他沒有說謊。

去成衣廠上班三個月後，男人狠狠地摔壞她修好的錄音機。

「你當我很笨是不是？」他說：「我都修到一半了。」

瓊枝這時早就看透了：他的不滿跟擺盪的自尊不是因為一臺器械修得好不好的問題，而是他對自己的生活不滿。他對生命的想像不是當下這種，而是另一類隨著時間，逐漸認知到自己完全沒辦法跨足的境界——譬如成為某一意見領袖，或身兼公司組織的要職。

「你們都一個樣。」他起身，將已經龜裂的錄音機用力踩踏，讓裡面的零件噴濺到整個地板上——桌子與沙發的底縫、玄關的角落——然後，這也還不夠，他「壓」了一下她的頭。

所有的一切，都始於這一壓。

瓊枝很鮮明地記得這個初次的壓，這裡面有一種，彷彿計算過的勁道，介於不會令人受傷，卻會讓心中感覺到一場瞬閃的地震，她知道這就是羞辱。

她不能確定他是不是故意的——那一「壓」，把他們之間的空氣扯出撕裂傷。

沒人知曉，她對他同樣憤怒，然而憤怒的形式與他不同。相對於破壞目所能及的一切，她的對抗就是「反破壞」。像擰不斷的一根細長的竹子。瓊枝對自己說，總有一天，她要贏回自己的勝利。

她的問題於是變成：她該如何定義自己的勝利。

瓊枝修復每一個被他用壞的電器。電燈、錄音機，還有一臺二手的烤箱。

那天早晨，她想著補習班給的試題，以及隔月的考試。她第一次準備高普考，其實沒什麼把握。

補習的時候，她看見一個少年，很年輕，看起來應該才大學畢業的年紀。少年總是坐在角落，俐落的短髮，和另一個少女並肩而坐，一起考試。

少女經常數落少年，瓊枝坐得離他們較近，偶爾會聽見她說：「喂，你認真一點……」少年煩躁地嘆氣。她記得少年的成績比少女好一倍不止。

後來中正紀念堂那場運動壯闊爆發，兩週過去，兩人起了口角。

少年只是頻頻問：「你不覺得這很重要嗎？你什麼感覺也沒有？」

之後瓊枝沒有再看到少年上課。那陣子的轉播中，她很確定，在華視轉播的某個鏡頭中，的確有看到男孩的側臉。憤怒，充滿光輝，大吼，眼神有如烈火團燒。

想到這件事，烤箱裡的麵包就焦掉了。她得重做。

他聞到苦臭的焦味，走進廚房，浮現躁不可耐的眼神，踢斷電線，電線拉著烤箱，整臺跌落到地面上。

有些東西，即便是瓊枝也無法修好。

譬如衣服、破碎的杯碗瓢盆，還有皮膚上越見明顯的瘀青。

這些無法修好的脆弱物，她唯一的策略是冷靜回收。困擾她的是瘀青——這段時日裡連瘀青也懂無性繁殖。瓊枝只好一年四季都身著長袖，或貼ＯＫ繃。

對面的鄰居便經常偷看她。

那是什麼意思？用一個，非常非常憐憫而機敏的眼神注視她，然後什麼也不說。一種無言的默契。她在想什麼？瓊枝向自己提問。有時，琢磨這道題的時間可以是一整天。

如您所見，電腦病毒就如同感冒病毒，兩者都應避免。病毒和惡意軟體一般均指相同概念，但病毒只是多種惡意軟體之一，也只屬於整體威脅範圍的其中一個概念。因此，光靠傳統的防毒軟體並無法完整抵禦所有威脅。

❖

瓊枝的胃，痙攣到最後，反而漸漸升起小小的麻木。她忽然非常想吃熔岩蛋糕。

溫暖酥脆的表面鋪滿薄薄一層白糖粉，叉子輕切進去，巧克力流淌滿盤。她齒縫分泌出口水。

車子輾過碎石，瓊枝不意嗆進一口口水。

周遭的聲音變得沉悶，充滿回音，瓊枝猜想應該是開進了停車場。

引擎果然熄滅。身邊的人扣住她的手，把她拉出車外。

一行人訓練有素地，把她帶進了另外一輛車。全程沒有任何一個人說話。

新的車子空調更冷。車子開出停車場，逐漸上坡，她被封閉的眼還是能感覺到一點光源。

車子沒再轉彎，只是一直行駛，均速，引擎安靜。

那輛被她變賣的福斯，現在該也被拆成碎片了吧。

最後一次開著那輛車，男人沒有一起。瓊枝載著七歲的兒子上高速公路奔馳：

當大家的速度相去不遠的時候，反而感到速度悠緩、遲滯下來。然而實際上的車速都已經上升到一百二十幾公里的時速。或者更快。

兒子很乖，待在後座玩自己的玩具，也是塑膠做的幾臺轎車。

兒子問她要帶他去哪？瓊枝說海邊。兒子很高興，以前全家去過一次，他對此記憶不錯。

他問瓊枝，爸爸怎麼沒一起來。

瓊枝直接跳過了這個問題，說：「上次我幫你修好的那個小恐龍你怎麼後來沒再玩了？」

兒子想了一下，說：「因為我不想玩了。其他東西更好玩。」

瓊枝問：「什麼東西更好玩？」

載著瓊枝的車子終於熄火。他們把瓊枝帶下車，同時，她聽見了鐵門捲起的聲音。等鐵門完整拉開後，瓊枝被推進去，又走了幾步後，被壓在一個椅子上，而椅子並不好坐。當瓊枝遭人放倒在那張椅子上時，她完全感受到這張椅子誇張的震動，椅腳脆弱地擦出尖聲，彷彿下一秒就會整個塌掉。

他們把瓊枝的手掌壓在木桌，桌上有鐵屑，一下就刺進了她的肉裡面。冰涼的刀刃偎在她食指邊緣，慢慢劃下去，指尖溫熱。

「欠了多少，你自己知道吧？」

聲音很從遠到近，從四面折射回來產生回音。瓊枝沒說話，發自內心感到害怕。她會在這裡少一隻手，被割喉、棄屍、凌遲至死嗎？

「幹！啞巴是不是？」

瓊枝的後腦勺，被狠狠地拍了一下。

她痛但並不覺得到達臨界點——她很難講清楚當時自己的感受，那種混雜著驚駭、反胃以及一種延遲抵達的，反射性麻木。當她事後講起這段經驗，她決定「永遠跳過這個片段」——像從來沒發生。她不會說自己「很痛」，或是用一種嘶啞悲苦的聲音，表達自己身陷某種極大的不舒服之中。即便她正莫名被劫持、凌虐、處在一種荒謬的情境。

瓊枝想起他曾經講過類似的話：「你是啞巴嗎？我是跟一個啞巴結婚嗎？——你在想什麼？」

她的勝利條件，是不服從，是小小的反抗，是不給予那些別人希望她表達的：譬如驚駭、哭、無助的眼神。

拍完她的後腦勺以後，這件事情還沒結束。

她聽見他們提了一大桶水來，她預想，大約是豬農聚集肥料的那種大型塑膠桶。水想必很重，搬來的過程聽見他們粗厚的喘息，放到瓊枝面前時，沉甸甸地「碰」了一聲，她的破椅子又震動了。一些水很不留情面地濺上她的全身。她已經可以知道，自己準備要面對什麼。

他們沒多問，她也沒機會講，瓊枝的頭被猛烈按進一桶水裡。水非常冰冷，她整個臉孔都縮起來，耳邊都是她吐氣的嘈雜聲。

每次泡水約一分鐘，重複三次。

最後一次把瓊枝的頭按進水裡，透骨的冰水，讓她想起兩種冷涼的經驗：某次因火造成的災害中，她們一群師兄師姐得到消息，第一時間走進了氣溫極低的急診室，找到那群受難家屬。

師兄師姐們紛紛落淚。她站在醫院的走廊上，在走廊陪著家屬，有時按著他們的肩，有時就只是站著，遍地蔓延著憔悴與悲傷。

「我兒子少了一隻腳，少了一隻腳……」老先生嘶啞，只能反覆講同一句話。

「她整張臉都燒壞了。原本還想參加歌唱比賽……」

「我兒子的大腿也是……」

她看著這些家屬的眼睛。問自己，她現在是什麼意思？用一個，非常非常憐憫而機敏的眼神注視著別人，然後什麼也不說。像是在這之前，他們就達到了一種無言的默契。她在想什麼？瓊枝向自己提問。有時，琢磨這道題的時間可以是一整天。

❖

剛搬進弟弟家時，就經常發呆一整天。一日早晨，弟弟來問瓊枝，有沒有聽見什麼女人的哭聲？瓊枝想了一下，說：「我完全沒聽到。很大聲嗎？」

弟弟說：「沒有，非常非常小聲。有時甚至聽不見。斷斷續續的，通常在兩三點……我是擔心你被吵到。」

「不會啦，再吵我也睡得著。」

弟弟從塑膠袋裡，把買的豆漿燒餅拿出來，拿乾淨的杯盤裝好，放到瓊枝面前。

「是喔，差點忘記你是受虐體質了。」

瓊枝沒理他，喝了一口熱豆漿。

「今天又要去做志工喔。」

「對。」

「佩服你能做這麼久。退休了為什麼不好好休息，非得找事來做。」

「閒下來就會忍不住亂想吧。」瓊枝說。

「你是這種人嗎？」弟弟笑著說：「我是指，你會的事情這麼多。可以多參加一些興趣的同樂會、銀髮交流會都可以。」

瓊枝說：「我不想參加那些。」她但凡想起自己還要延續那些興趣，就有點心生厭惡。可以的話她希望自己徹底放下那些日子中她學會的事物。

弟弟喝了一口豆漿，問：「你其實一點也不關心那些人吧。為什麼還要去呢？」

李師姐那天擦完地板，忽然對瓊枝說：「瓊枝師姐，我覺得，我沒有走出來。」那條走廊很長，瓊枝跟李師姐一起搬著那桶子，瓊枝不曉得要回應什麼，兩人聽著自己有些侷促的腳步聲。李師姐繼續說：「我的兒子，也跟瓊枝師姐的一樣。前幾年也是跟人家去樂園玩，一場火災，就走了。人家都安慰我說，離苦得樂。我好像也只能這樣相信。家裡少了一個人，我真的沒辦法習慣。好險你們都會找我來慧舍做志工，我是真的很感謝你們。」

兩人踏著步伐有些喘，走出戶外，將髒水一起傾倒進洗手臺，把水桶簡單沖刷了一下。瓊枝把髒抹布晾在外面，李師姐擦手。瓊枝說：「多來很好啊。好事。」

李師姐有點不好意思地說：「我是常常在想，也可能我多嘴，就是說，我有時候覺得我跟瓊枝師姐也有點像。不知道瓊枝師姐當年為什麼會想來這裡做志工？」

瓊枝想了很久，還是決定這麼回她：「因為一些原因，沒什麼重要的。」李師姐聽到後瞬間露出了失望的表情，雖然收斂得很快，但瓊枝依然瞥見了。

她們一起到廚房去領了一杯慧舍師父們親手烘焙的紅茶來喝，做完志工的人都有這種默契與收尾，而這段路上瓊枝始終都沒有再正面看過李師姐。

三十歲的小商也問過瓊枝一樣的問題：「瓊枝姐為什麼想來做志工？」

瓊枝還沒回答，小商先自承：「我先說好了，因為，我從小時候就被當成問題兒童，後來我媽帶我讀慧舍開辦的中學，狀況就好很多了。老師滿包容的。我就覺得我想試著回饋這個環境。瓊枝姊呢？當時是誰帶你來的？我真的很好奇——」

在小七潔淨落地窗的兩人座，瓊枝本來打算編個謊騙他。但她看到對面那間黯然、破敗的老書局，這間老書局一直以來都佇立在那，瓊枝就從來沒看它開過。最後瓊枝放棄了說謊的念頭，只是靜靜不語。

❖

瓊枝的頭被狠狠從水桶裡拉起來。她感覺到自己上半身已經全溼，整張臉冷冰不已。他們沒有再對她罵罵咧咧，四周迴盪著寂靜。這種尷尬、斷裂以及無話可說好像從過去一直綿延到現在，從來沒有間斷過。

「你知道自己現在欠我們多少嗎？」

「為什麼讓我們找不到人？」

「你該不會以為自己可以當作什麼事都沒發生，只過自己的日子，只顧自己爽吧？」

說話的聲音越來越大，對面的人也正在步步逼近。宛如瓊枝前夫的怒火捲土重來。瓊枝想，不如請對方給她一個痛快好了，她這次一定不會吭聲的。於是，她開始回想自己這輩子到底還缺了什麼？

她總覺得自己好像缺了片拼圖，一直找不到它。

她只是在生活裡一直忍耐，忍到後來忘記自己為什麼忍，不知不覺就到了今天。

可是，她現在還要對什麼東西忍呢？

「上車到現在，從頭到尾一直哭不停，到底在哭什麼？欠錢還哭？」

他們將瓊枝頭套掀開，拿著一顆巨大的探照燈惡狠狠地拍在她臉上。

瓊枝瞳孔急速收縮，眼球快速變動，感到眩暈且極度刺眼。雙臉塗滿了眼淚、鼻涕。

瓊枝沒能看到對方的臉，倒是對方將她的臉細細看了一遍，發出非常驚駭的怒吼，她座下的椅子又再度震動：

「幹！綁錯人了，你們綁一個哭哭啼啼講不出話的老女人做什麼啊？」

吊燈劃著圓圈，發出近似枯木斷裂的聲響。瓊枝在模糊的視線中，看著她身邊眾多陌生的臉在一黑一白的光影裡閃現，飄浮著他們錯愕的表情。所有人在這場忽然的斷裂之中，伴隨著慘白的光不住下沉。

二〇二四年四月

水造的路徑

雨勢不知已凶猛多久，總算把他從腹部悶痛與金屬製品相互敲擊的幻聽中拖回現實。

在凹凸不平的泥濘中，他睜開眼睛。

他蹣跚爬起，發現褲子劃破一個洞。小腿傷口細長如蛇，被雨水沖刷、反覆流血。他看著身前坍塌的山路，一地灰爛爛的泥濘。彷彿擱淺在山裡的淺灘。他俯視自己狼狽的腿，微微發抖，等待麻木漸次退去。

在這個短暫的過程中，他首先想起的，是那天清早，群群如何坦承自己身上的傷口。

他嘗試想像同學們把群群從廁所裡拖出來的數種花樣。不管是哪一種，群群的短腿都會無措、孤獨地亂踢。

才國一。

送完群群上課，下午他在咖啡廳受訪。記者對他的經歷下了扎實功課。他一直撓後耳。兩個小時多，他一直偷看桌上小小的黑色錄音筆。

「您認為現在政府還有哪些可以改進的地方？尤其您現在任職公部門。」

「如果您小時候沒有經過這些事情，您最早想做的職業是？」

「林先生有想過沒離開社區的生活嗎？」

他沒有很想繼續這場訪問，或者說，因這個主題而來的訪問——題目太多，總是輪迴，永遠答不完。比起已經離他二十年的天災，他更在乎要怎麼解決此時此刻的難題。

譬如打電話聯繫對方的家長。譬如聯繫導師。譬如私下恫嚇。心裡徘徊著幾個可行與不可行的方法，暫時拿不定主意。

「你不要雞婆。不要出面。不要把事情搞得更糟了。」群群說。

「你怎麼會有這些想法？老師難道是瞎子嗎？」立衡說。

「你會讓我被搞得更慘！跟媽之間你已經搞得夠慘了。」群群說。

而且他們總有各種方法可以搞你。群群又說。

這些話中最重的一個字，是「你」。立衡沉默。

「您滿意現在住的地方嗎？」記者的眼神滲透著立衡的寧靜。

滿意？他似乎從來沒想過這個詞。他想的是另一種——比較好過的那一種。

「感激？」記者在小小的本子上做筆記，開始有了興致，「為什麼您對屋子感激？還是您的意思指的是，政府提供的補助確實幫助到您當時的生活？」

不是、不是。立衡擺擺手，機械式的晃動，像一隻偏斜、壞掉的怪手。

他的生命中，曾有一隻怪手拆掉他住過的中繼屋。

房頂破開的瞬間，豔陽高照。然而磚瓦隨土濺射、升高，紅銅色的砂粉飄向他、包住他，陽光很快就有陰霾。他感覺自己的四肢也在漸漸往外飛散。

宛如回到在土石流中抓住一顆巨石，身體任由各種瓦片割裂的現場。

「您曾經在五年前的紀錄報導中，提到能夠走到今天是依靠妻子的體諒——」

「我們上個禮拜離婚了，正在爭取扶養權跟產權。」他打斷。

記者聳肩，不驚訝，也沒有同情或是加緊追問。這個冷不防的停頓，反倒讓立衡有些錯愕。他對記者瞬間湧生一絲好感。

記者端起咖啡啜飲，過渡給立衡一些沉默。這是採訪少數的無聲時刻。嗓音澄澈的英文歌曲中，他的肩頭漸漸不再緊繃。

「謝謝您跟我說。可以的話——現在完全不是採訪，而是閒聊，我已經關掉錄音筆——如果您願意回答，我個人很好奇您的下一步？或是您現在的感覺是什麼？」

歌聲籠罩在他們之間，他慢慢靠在褐色的沙發上，假裝深思這個問題。

❖

立衡捏捏小腿，做起暖身：抬一下，跳兩下。鞋底甫接觸到溼滑的地面，就差點滑倒，他迅速把重心回穩。

黃金救援時間七天，群群走失三天，背包沒裝食物。他卸下背上的登山包，除了一些髒汙之外，因雨水的沖刷以及一路上的撞擊，白色的表面此時看來有些不堪，骨架還有點變形。但，他判斷應該還能撐一陣子路。

他的頭隱約傳來一陣疼痛。他下意識地讓自己專注在當下，以期讓這個疼痛稍稍退去；他總是習慣這麼做，總是努力專注在當下。

包含現在。

暴雨依然，風慢慢變小，下得更加沉鬱。

立衡盤算著最後一刻，在山屋被沖倒前，他從別人包裡摸走的食物夠他吃幾天。

他身後，另一個男人從夢中驚醒，醒來就劇烈咳嗽，幾乎像在哭。

「哇操！」那人嚎啕不已：「我要死了，我要死了。」

立衡聽見他在喊，靜靜揹起登山包，肩頭抖了兩下，確認背部穩固。他從口袋拿起手機，手機的螢幕已經從左上龜裂到右下角，一條淺淺的黑，似乎連手機本身也經歷過一場大地震。

電量十五%，還能打開，沒壞掉。立衡第一件事情是開啟省電模式，然後打開hiking book，查看裡面顯示的另一個位置。那是他用群群手機設置的定位。看完他就趕快關掉，避免電力消耗。並看看前方河一般的路，泥爛一地的路。

身後的男人吐了，他所有的嘔吐物都被沖刷到山壁下。

立衡把手機放回口袋裡，拉上口袋拉鍊。

他還是決定速戰速決，跟時間賽跑，不想等待，不願坐在那裡什麼也不幹，只能枯坐、祈禱。

當立衡踏出第一步的時候，那個男人停止嘔吐，對著立衡的背影大喊：「現在只剩我們兩個了，對吧？」

立衡說：「不對。」

「你現在要去挖那些土，把屍體翻出來？」

立衡說：「我要去找我兒子。」

「他在哪？那堆土裡？」

「他走失，我本來就是走上來找他的。」

「所以他脫隊，你也不知道他人在哪，對吧？」

立衡沒有回應。另一個人說：「我們現在應該先打電話求救。」

立衡說：「這不衝突。」

「什麼？」

「我說，這不衝突：你可以求救，我一邊找人。」

「你瘋了。你應該讓專業的來救，我們別死就好了。」

「那我兒子耶。」

那個男人默不作聲。良久後，那人又說：「那你去吧，我待在這裡——等等，我的登山包跟手機呢？」

立衡看向沖刷掉對方嘔吐物的那道山壁。

對方瞄了一眼立衡的行囊，發現自己的東西全埋在這場風雨之中。他說：「不然我也可以跟你一起。多一個人幫你找，多一點機會。」

立衡忍不住說：「那你怎麼不乾脆上來搶我食物算了？從以前就這樣子是不是？」

那人冷笑：「你又知道我是怎樣的人？知道我以前發生過什麼事？」立衡瞪著他，對方憤怒地說：「以前颱風淹水，土石流淹掉整個社區。這個新聞有聽過吧？我就是活下來的人！你說我以前怎樣？你有我倒楣嗎？」

立衡沒有回應，冷冷地轉過身，走向他。

❖

他們約法三章：第一，食物由他來分配、補給；第二，如非必須，否則不進食；

第三，如有感覺到對彼此有明顯的危險意圖，可以隨時解散。

他們踏著石頭的邊角，涉過淹沒了山屋的河，輕輕跳躍而過。他們走上一條小小的路，這條路上充滿傾斜的陡坡，立衡拄著登山杖才能好好前進，對方明顯不熟路，卻總能以靈巧的姿勢穩住自身的平衡。

劫裡逃生的男人自我簡介，說自己叫阿村，木村拓哉的村。對方本想寫給立衡看，但立衡並沒打算接住阿村的幽默感。阿村很胖，綁著頭巾，走沒幾步，經常要停下來喘息，立衡很難相信，他能夠堅持爬到這麼高的海拔。對方讓他聯想到過胖的蜥蜴。

「我本來請協作，幫我們揹大概大部分的行李，但是，那協作忽然在抵達的時候想跟我加錢。幹，看到手機訊息，氣到爬上來找他算帳。」阿村說。

接下來的事，你就都知道了——阿村一路嘮叨。立衡揑緊登山杖，專心走路。

你覺得，山下的人知不知道這裡因為大雨已經土石流了？會不會山下又跟著倒了一堆房子？說起來我有一間新房子最近才剛付完頭期款……

「你剛買房喔？」立衡問。

「有錢我怎麼不買。」阿村說。

「你們後來的人不是都配到一間房子嗎？」

「那又怎樣。我又不可能一直待在那個地方。我女兒上學，都不會待在原本的縣市了。」阿村的汗跟雨水交雜在一起。

立衡點點頭，小腿隱約抽跳，感覺到傷口裂縫中細小血管的跳動。

阿村拿起一塊石頭，朝立衡前面扔，吸引他注意。他問他能不能休息一下，十分鐘就好？立衡同意了。

「說起來，房子這東西，真的很怪齁。」阿村坐在地上，即便已經溼透，他也不把頭巾拿掉。上面繡著一幅有些廉價的浮世繪圖，如今也凹凹凸凸像彩色的泥濘。他說：「大部分的人都以為它堅不可摧，其實它倒的時候，只在一瞬之間。」

「你的家人呢？」立衡反問他：「他們沒有一起上來，對吧。他們應該待在你所謂『一瞬間就倒掉的地方』等你回去。」

「是啊。」阿村啐了一口痰：「我偶爾還是不敢待在房子裡太久。」

立衡聽到這裡有點想笑，問他：「休息夠了沒？」

他們在一條岔路口停下腳步，眼前，一根粗重的樹幹攔腰折斷，躺在左手邊階梯上。十幾條山友標記帶子，如今滿地撩亂，隨風雨晃動，或在窪裡漂浮。

「現在要走哪邊？」阿村問。

「左邊。」立衡說。

「你怎麼知道左邊？那邊倒了一棵樹。」

「我來過。」

「這邊每條路都長一樣。」

「不然，你現在就可以回去山屋屍體旁邊等。」

「我不敢。」

「你是做了什麼虧心事，還會不敢？」

立衡踏上那棵樹的樹幹，高高站起，往後一跳，濺起高及半身的水花。

阿村跟著前進，臉色發白，頭巾差點飛走。

他們繼續深入石階小徑，走到轉彎處，正面迎上一隻倒臥的山羌。

這隻山羌目測是從別的地方被沖過來的。姿勢頗為詭異，一隻腳內凹，明顯骨折，躺在他們行經的路上。脖子翻仰，一顆頭孤零零擺向立衡。

牠的身上似乎被強烈拉扯過。有兩到三處腹部、腳邊的傷口，但血跡早已被雨水沖得很淡，只留下怵目驚心的數道慘紅。

山羌的眼睛睜得很開，直勾勾凝視著立衡跟阿村。

阿村避開視線，皺眉，好像嘔吐的記憶正在從身後緊追過來。

立衡蹲下，凝視著那無神的眼睛。瞳孔裡隱約倒映著他的身形。

他雙手捧起山羌的屍體，恭恭敬敬地放到一旁，合十唸了幾句佛號。

阿村閃到一旁去，整個過程完全不敢稍近。

立衡打趣地說：「沒想到你會怕動物的屍體。」

「我是怕看到血。」

「為什麼？」

「天生啊，我甚至連自己流鼻血都不敢看。我絕對不會照鏡子。閉著眼睛塞到血停止。」

「那你這輩子肯定不是欺負人的料了？」

阿村沒有馬上回應。立衡放慢腳步，讓阿村跟上。

阿村說：「國中的時候，有一個瘦皮猴，忘了他名字了。我們常揪團打他。」

「為什麼打人家？」

「那種事情，哪有為什麼。」阿村說：「好玩而已。」

「好玩在哪，看他哭？」

「不。我們喜歡看他不哭。」阿村說：「我們圍著他，用書墊在要揍他的地方，這樣沒有傷口。或是拿鋁棒，兩根，在他耳邊敲出超大聲響，讓他耳鳴。很屌，他都不哭。」

「然後呢。」

「然後，眼淚就會開始在他眶裡打轉。我們每次都在打賭，看誰今天能讓他真正掉眼淚，誰就贏了。輸的人請喝飲料。」

「他都沒跟老師、家人說？他也沒反抗？」

「他不敢。」

「少做那些事，他的人生會快樂一點。」

「你以為他有個幸福的求學生活，未來就會一帆風順嗎。」阿村噗哧一聲，說：「過兩年，還不是全都被淹進水裡面。我們那區根本沒幾個人活下來，我跟你說，當年跟我一起做錯事的那些人，死到只剩下我。」

立衡發現，只要提及這個往事，阿村語氣都會莫名地帶著一點點驕傲。

那你呢？你的事情是怎樣？阿村問。

你怎麼知道你兒子在哪？我的手機地震前根本就收不到訊號。

立衡不回答。

阿村衝上前，粗魯地抓向立衡硬挺的肩膀，逼問他：「我不想平白無故送死，我很餓，我要吃東西了——幹！聽到沒有，讓我休息！」

立衡的肩膀被發抖的手緊緊扣住。他只好停下腳步。肩頭被阿村如此對待，竟反而放鬆了下來。立衡感到不可思議。

他想起三年前，他們全家也一起來爬過這座山。那日天氣極好，走在林蔭之間，讓他想一輩子都泡在裡面。而群群進度超前，像天生住在山裡，竄來竄去，一下子沒見人影，常在路的轉彎處探頭探腦。他與妻走在石階上。登山者在兩人身旁自由來去。

「你不覺得臺灣的人行道真的設計得很差勁嗎？普通人，就算好好走在人行道上，照紅綠燈號誌走，也可能出事。年初的新聞統計，在去年，平均每天就有四十七個人在走路的過程中，不是受傷就是死掉。」

「你去取締他們呀，修法看看。你不是在公部門上班嗎？」

「我沒辦法呀。」立衡聳肩：「我就是改變不了這些呀。」

立衡走近妻，手背輕輕觸到她。

妻的手很冷，像靜電，把他的手燙開。

妻加快速度，他看見她步鞋，像一片正在移動的雲。

「喂，你不覺得很美嗎？」立衡說：「這世界上，還有這麼漂亮的地方。每次我都覺得很不可思議。」

「是啊。我也這樣覺得。」妻說。

「以後群群能夠有自己的生活，有一個自己的伴侶，好好工作，好好生活。這樣就很好了。」

妻淡淡地笑了。這時，她偶爾還會笑。

「我們也可以慢慢重新開始。」

妻沒有回應，反問：「我問你，你是真喜歡爬山嗎？」

「為什麼這麼問？」

「你為什麼不會恐懼，不會害怕。」

「我有PTSD啊。」立衡錯愕地說。

「你不是因為水災才去做諮商的。」

妻的直言，致使立衡沉默。

與妻的結合，算不算是失誤呢？

因水災後的賑災相識。災難裡他們握起彼此的手。逐漸相信其實是命運的一種必然。她聽過他的故事：那些備受同儕欺凌的童年，壓抑的內心，無法理解他情緒的家庭，最後，則是驚人的洪水，沖散——或說「結束」——這一切。

妻則無法克制地對他充滿疼惜的情感。早期妻的眼神充滿憐愛充滿神聖。結合的一年以後，才發現生活是一把隱形、銳利的刀，默默切進了兩人之間。立衡不曉得這一切是怎麼開始的：關於兩個人看彼此都感覺不對勁。關於兩個人做什麼都感覺不對勁。空氣中隱隱抽去了一股感動。日子是砂紙，反覆消磨他們的面貌。

然而事件的後續還是一直來。一直有信來想做訪問、追蹤或關懷。他來者不拒，逢約必到，重複講述相同的事。重複講述同一天、同一趟行程、同一場災難。覆述他記得的幾個倖存者。離得越遠，就越有人來提醒他，要記得再朝回憶靠近一點。我們不要忘記，不要放棄。我們不會捨棄過往的那些歲月。

前方，群群突然探出頭來，神祕兮兮，對著他跟妻招手。

他跟妻走向群群。在刻意的靜謐中，才發現群群要對他們說的事。

這時五色鳥的鳴啼在四周響起，「嚄嚄嚄——」的聲音響徹林間。被專家跟賞鳥人形容成「像和尚敲著木魚」的鳥鳴迴盪在他們的周遭，穿透立衡身體。霧中透光，讓他們無法看清哪棵樹上棲著五色鳥。啼叫此起彼落，所有的步行者都抬起頭來張望，時間宛若被瞬間凍結起來。

群群記得什麼是五色鳥，並記住了五色鳥的聲音。

小六那一年帶他爬過一次北大武。他們全家第一次在那邊觀賞到五色鳥。牠站在啄出一個洞的樹幹上，爍爍的鳥眼盯向群群，葉縫中穿入的光，將五色鳥頸部的橘、藍、黃添抹得更加鮮豔。

群群看著五色鳥，露出了微微的笑。

立衡說，都市也有五色鳥啊。只是山上更容易看到。

群群說：「山上的五色鳥比較自由。」

他跟妻對看了一眼。

等待那樣的一日到來，就像等待看見五色鳥頸部的羽毛被陽光照亮。

「抱歉，我以後不會再講什麼路權，我知道那滿無聊的。」立衡說。

「你根本不知道我們之間到底有什麼問題。」

妻看著遠方，人似乎早已不在此處。

「我只是不想這樣下去，好像時間停止沒有前進。」

立衡隨著她的視線望出去，他摸摸自己的腰、自己的手，好像有東西不見了。

群群從遙遠的前方折返，一把抱住立衡的腰：「把拔，每週都可以上來玩嗎？」

❖

「請問您的下一步是什麼？」記者的提問迴盪不去，繞不出他的耳骨。

他看了看自己的雙手。自己是怎麼開始走到這一步的？難道是從父母也同樣買下那棟社區，被土石流沖刷掉的房子開始嗎？或是自己總是不知道問題出在哪裡開始嗎？還是因為自己太懦弱、看起來太癡呆了？

他想起腹部那些沒有傷口的疼痛。

想起令他童年耳鳴不止，鋁棒的交響聲，旁人的笑聲持續銼刀般，削剃著他的內心。

以及那些眼眶潮溼的日子，無人聞問的日子，去諮詢的日子。

那些下手不知輕重的人，後來幾乎淹埋到了土石之中。除了一個人。

立衡查到了對方的名字（這麼多年來他一直都記著那個新名字），知道對方現在也非常熱愛爬山，性喜投資，財產頗豐。他查到對方最新的行程，正好也跟自己想去的地點一模一樣。他忽然想去看看對方現在長得怎樣。也許他能做點什麼解開自己的時間，可以真正前進。

而他跟群群也可以透過這趟旅程，共同走向新的終點。

一定可以的。他這麼想。

❖

阿村惡狠狠地瞪著立衡。他最終只得到一包堅果，花幾秒就把整包堅果咬碎；立衡則非常冷靜，緩緩咀嚼雜糧棒。

他摸著包裝紙，觀察阿村不滿、痛苦的表情。

「你要忍一忍，吃太多，我們活不久。而且你可以想想，你是真的有這麼餓嗎？」

「廢話，被你凌遲這麼久，誰不會餓。」

「沒讓你跟上，你搞不好就餓死在原地。」

「我還想再吃。」

「不行了。」立衡說：「我們還有剩下的日子要走。」

阿村站起來，把空的包裝袋信手朝旁邊甩棄，偌大的身軀走向立衡。

立衡緩緩站起，直挺挺地看著靠近的阿村。

阿村直視立衡的眼睛，還保有一絲舊日的狠勁；他與立衡擦肩而過，繼續朝上方前進。

立衡看著阿村的後腦。

他的後腦圓潤飽滿，像一顆盛大、肥美的瓜。

立衡吞下另一半的雜糧棒，感覺雙手溼潤，黏黏的。

口腔也莫名湧上一股淡淡的腥味，一時徘徊不去。

阿村爬沒多久，又開始喘，腳步漸漸放慢；立衡配合他的速度，沒有超越，一直與他保持剛剛好的距離。阿村見立衡似乎沒有生氣，反而覺得有些尷尬，又自己默默開話題：

「你兒子多大。」

「國中一年級。」

「孩子很難教，這時候準備要叛逆了。我女兒也是一個樣，別說我沒警告你。」

「謝謝。我跟我的小孩關係很好，不須你……」

立衡還想再說，但忽然竄入強勁的風，把他的聲音捲成斷葉殘枝。

群群第一次有傷，是妻發現。

妻向他描述群群背後那一片奇怪的瘀青：「他除非是自己去用力頂到背，不然他的雙手根本搆不到那裡。」

他去問群群傷口的事，群群激動地說：「很奇怪，只是個小傷口，也要一直問。就說是不小心用到。」

第二次，是群群睡過頭，趕著換衣服。立衡進房間催他，一面想等等要開車繞哪一條捷徑。

褪掉的睡衣，隱約有數條細小的紫疤，細長如蛇。

再下一次感覺到群群不對，則是群群房間的窗簾沒拉緊，陽光從縫隙滲入那次。陽光照亮群群的身體，立衡馬上發現他的身形比以前都更加瘦弱了。群群感應到立衡的視線，火速套上制服。

他那時一直對群群保持疑心。琢磨著他是否到了跟人動手的階段。

他們搭電梯到地下室。立衡問了幾句話，群群都沒有回覆。

電梯一路下沉。

一個月後，妻開始與他嚴肅談起未來應當準備要走的法律程序。

他無法接受。她搬出去住。

沒有想像中的劇烈爭吵，沒有任何一件家具受損，靜得連牆上秒針的每個走動都聽得很清楚。

群群正式向他提出希望轉學的那一天，也向立衡坦承自己身上的傷口，到底是怎麼來的。

於是，他嘗試想像同學們把群群從廁所裡拖出來的數種花樣。不管是哪一種，群群的短腿都會無措、孤獨地亂踢。

才國一。

他幫群群請了一個長假，提議兩個人一起去爬山。

群群沒說什麼。表情深思、凝重。少年的臉總是淡淡憂鬱。

立衡猜測，他應該是希望能再看一次五色鳥的吧？

阿村很感疑惑地，在風中失聲大吼：「走這麼久，感覺什麼屁都沒有——你別讓我們換個地方受困耶。」

「等等有個岔路，記得左轉喔。」

阿村罵罵咧咧：「幹，你到底是不是想害死我？」

立衡說：「你覺得我會拿自己的小孩開玩笑嗎？」

「開玩笑的啦！怕你隨便找，我也會替你小孩擔心。」

「我都不知道你會想關心他。」

「你是不是覺得我就是一個爛人？就因為我剛剛跟你講了那些小時候的事？」

立衡沉默。阿村自顧自說：「小孩子沒受點苦，長大就會變得很脆弱，你說對不對？」

立衡冷冷從口袋拿出手機，打開APP，看距離還剩多少。

對方的位置始終沒變，一顆小小綠點不斷閃爍。明明暗暗。

包裡還有登山爐。有幾包統一泡麵、一包乾燥飯。等等看群群想吃什麼，他會替群群做好，先讓他好好吃飽。又或許，首先立衡要做的其實是先讓群群浸水，看身上有多少傷，做緊急處理，撐到救援。

距離 APP 指示的地點越來越近，兩人不再說話。

於是，立衡開始反覆思考一件他很在意的事情：群群失蹤前，對他說的最後一句話到底是什麼呢？自從他醒來，遇到阿村，甚至走到現在，他都還沒有找到這句話。他只記得自己聽見那句話的當下，頭痛的老毛病又忽然犯起，全沒入耳；回神後，群群卻已經忽然消失在他的視線之中。

他有些焦急地找，但是群群既不在路上的蜿蜒處，也不在傾斜的山面處。四周，沒有任何驚呼跟慘叫，從前後方經過的山友，口徑都很一致：我們這一趟沒有看到一個一百二十五公分左右的男孩子耶，需不需要幫你通報？

先不用，謝謝。立衡一直拒絕。

他可以找到的，不會這麼荒誕，連自己的兒子都找不到吧。

後來雨就開始下，越下越沒有停止的跡象，很多人朝山屋聚集，尋求避難的空間——他跟阿村也不例外。

立衡發現這場雨不會簡單就停，盤算自己身上帶了多少食物，能撐幾天。

他想，如果想活到最後，也許現在的自己要先取得更多的物資，為自己搶下時間。

於是他開始摸走別人的食物。

接下來便是劇烈的板塊移動，所有人趴了下來。地動山搖。他很熟悉這一切。關於土石如何沖刷下來的瞬間。

他以強烈的預感熟悉奪門而出，經驗帶領他的雙腳，雖然最終依舊昏倒。

大雨逐漸停止，冷風刺骨。

他們來到岔路口，阿村準備左轉。挺進前，阿村轉過頭問立衡：

「你確定要轉這裡？」

「確定。」

他們前進的過程中，出奇地開始聽見鳥叫的聲音。

他認出來這是五色鳥。立衡本想說點什麼，然而忍住了。

阿村恍若未聞，只是呆呆地前進。周遭就像與他無關。他們走至盡頭，穿入一片闊葉林，一片巨大的水霧。

漫天林蔭帶來令人非常肅穆且神聖的靜謐。連阿村都一語不發。

兩人在林中謹慎地左右查看，遠處的一棵樹幹，一名男孩短袖短褲，全身都是汙泥，環抱著自己的膝蓋。

他們往前走，想看得更清楚。男孩忽聞兩人製造的細碎聲音，轉過頭來。

但他們依然看不清彼此。大家的臉模糊在霧跟距離之中。

阿村沒回頭：「這是你兒子嗎？年紀好像對不上。」

質疑盤旋在水氣中，立衡凝視著男孩不清晰的臉，終於想起群群走失前留下的那句話：

「沒有我，你會過得比較快樂吧。我就不跟你了喔。」

他摸上腰間繩索，雙手把繩子解掉、拉直，走到阿村的頸後。立衡的頭又開始痛了：他老是搞不懂為什麼身邊的一切對他來說，就是不對勁。

此時他們的頂空逐漸傳來刺耳的，直升機的聲音。聲音從腳底開始積水，升到雙膝，湧上腰間，慢慢堵到他胸口——立衡就這樣再度被淹沒了一次。

二〇二三年七月

頭的幾種修繕方式

亞菁不小心割破自己的右掌。偶爾她還是會犯下這種錯誤：施力太猛，讓陶瓷器皿整個破碎。傷口不深，數條細細的鮮血甩到牆上。

她用另一手掏出手機，臉部感應，拇指滑開APP，點入Debbie的對話紀錄，拇指克難輸入：不小心劃傷手。有醫藥包？

還沒已讀。

等待對方回訊的過程中，她將手掌懸置在水槽上，感受掌心緩慢湧動的溫熱。

血持續滴落，她凝視著那隻手，想起那年秋天的事。

他還是沒進入她的身體。

在乾溼分離的浴室，蓮蓬頭不斷滲水，石英磚地板默默彈出聲音。她還是不扭開水龍頭。一顆暖黃的燈、五根冷掉的銀色手指、一個靜默的自己。

亞菁凝視自己半張肉色手掌上，攤著的一條濃密精液。

所有事都是突然發生，緩慢地結束——她腦海中緩緩浮現這句話。

一部十幾年前的影集。故事描述一隻狐仙失去親人，為了讓自己活下去和復仇，她漸漸地換掉自己的關節、四肢與器官，請精於工藝的主角替她修復身體，改成潛藏的機關。結尾利用仇人對機械的性慾，狐仙最終報仇雪恨，卻把自己活成了一隻「賽博狐狸」。

亞菁看完那集，查到網路劇情的深度解析，發現原典改編自某篇小說，於是就去書店站了整個晚上，找到那本書，把那篇作品讀完。

她一直無法忘記書裡寫的那則故事。

簡易清潔後，亞菁躺回床上。手擦得非常乾淨。

她背對男人，男人炙熱的臂膀此時環過她的側乳，從後方暖暖抱住她，像一塊正在退熱的鐵。

男人在亞菁後頸規律的吐息，手沒有安分，默默扣上亞菁左手的五根手指，很珍重地搓。

亞菁的指尖沒有感覺。那幾根手指沒接上神經。

她玩味他的手指癖。感覺到掌心溫度的終點並不是自己，而是那幾根冰冷的指尖。

她回溯最初跟男人是如何開始：大一離家，和家人鬧翻、決裂，她向他求救。

他是她的老師。他於是帶她回家，畢竟他也是一個人。他們沒有進入彼此的身體；

她不想給，他也沒有要。當男人發現她有五根特殊金屬製作的手指，他說：「幫幫老師一個忙就好，手，其他不要。」男人面帶痛苦。

她答應了。沒覺得被強迫。她認為他們沒有世間盛言那種緊密的權力關係。她當時已經休學，沒在上他的課。彼此沒有對方的把柄。

亞菁自覺自己想得清楚，她不排斥，當下也不感到噁心。只是一直尋思自己怎麼了。是不是哪裡不對勁？

她嘗試將這些問題輸入到 OPEN AI 最新開發的生成式搜尋引擎。引擎只花一秒跑讀，就開始連續書寫超過三千字的回應——文章斷到一半——她讀不出重點。還是應該嘗試諮商？人能比絕對理性的程式，更能診斷出她的疑問嗎？

隔天，她待在他的研究室裡，端詳他的藏書。一張舒服寬大的兩人沙發椅，一面約三百公分的書牆，顧爾德的琴音環繞。她想起最初很意外他有收藏實體書的習慣。畢竟視覺不再是閱讀的單一形式，聽覺也不是（「有聲書」是個現在依然存在但已罕有人用的閱聽管道）。「撫摸」，意外成為另一種有趣、更加吸引大家注意、逐漸紅火的方式。

電子書的讀法不需要再透過眼睛，而是手指。如同觸摸盲文，電子書將文字做成令人滑過去首先帶來按摩感受的顆粒狀，當讀者用指尖的皮膚掃過這些紋路，該段文字中所描述的畫面、感知、概念，將會透過神經系統傳導到頂葉的感覺區。人們不再需要依靠想像力，因為想像力直接在腦袋裡發生。讀書終於成為一種真正的內心風暴與個人的電影。被摸過一次之後，電子文會自動排序成下一頁內容，人們可以掃完最後一行之後，立刻回到頁首，繼續讀。

看書至此更迷人的不再是「閱讀」，而化約成一次次的體感經驗。

如此說來，亞菁打趣地想，自己搞不好算半個盲人，因為她其中一隻手不能讀電子書。

機械的指尖不在服務範圍之中，她只能用一隻手讀。她想到甚至有為了相關議題發聲的政黨，爭取機械改造者的人權。偶爾會在社群網站上滑到貼文。

鐘聲響了，男人一直沒有回來。

她感到無聊，決定走出研究室，把聲音鎖在裡面。

散步在充滿林蔭的校園裡，她一面遐想自己跟別人一樣認真修課。一年要修幾學分、哪些課是有趣的，這些必修選修通識課，有沒有辦法像星星那樣，彼此相連、互為系統？未來有沒有可能有用？要進階還是淺嘗就好？——對於這樣一種練習，她被抽掉，沒機會體驗。

在一棵刺桐下她停下腳步，遮蔽太強烈的光。

亞菁左手邊是一間準備上課的教室。一名安靜的女講師、三十名左右的同學、一臺架好的投影機。

講師站起時，另一個男性助教走上前，拿起麥克風測試。

講師抬起一雙手。開始比手語，手指靈活，像振翅飛翔的鳥。

「今天這門課，比較特別。」男性助教一面看著講師的手，一面翻譯。

「過程中，你們不會聽到我講話。你們不會知道我的聲音，如你所見，我不只聽不見，我還不會說話。」

亞菁安靜地走進教室，緩緩坐下。

請你們想像自己在一片遼闊的深海裡。那裡什麼都不會出現，連一條魚也沒有。

四周一片黑藍，透著淺淺的天光，放眼過去只有光的線條。

你張口想發出聲音，沒吃到水，但聲音全在咽喉裡被水掩沒。

你想聽，可是除了「嗡嗡嗡」的頻率，沒其他可聽。

你必須非常大聲，大到超過比特犬的怒吼，我才有辦法聽見你的聲音。可是，人不可能一直維持那樣的方式講話。

但這並不是一件可怕的事情，如果你們已經接受、習慣了它——這也不是一件容易的事。

正因為這個世界上，時不時會出現像我這樣的人，所以社會上有另外一種和我們的溝通方式，一個叫做文字，一個叫做手語。這兩種我都「讀」得懂。

我很歡迎大家寫信給我。

此外，我其實也更開心能看到在座的各位。我想這可能會是你們這輩子上過，最安靜的一門課。路過的同學搞不好以為我們在開冥想課。

這就是我的自我介紹。各位同學好，我叫 Debbie。我是這門通識課的講師。謝謝。

❖

她拍拍自己的臉頰，抬起頭來對著鏡子，觀察自己的眼睛。洗手臺冰水汩汩湧出。

才聽完教師簡介不久，她就湧出眼淚，停不下來。這個生理反應很突然，無法控制，讓亞菁錯愕、慌張，她只好走出教室，衝入洗手間，一直狠狠地洗臉——等到整張臉都漸漸冷靜下來。

每件無法理解的反應，她都很在意。

譬如她小六那年在走廊上，與第一次有點喜歡的男孩子去搬躲避球。想到已是畢業的最後一學期，男孩子的側臉讓她忍不住轉頭偷看。

面對面告白那時還沒退流行，十二歲的亞菁正猶豫。

忽然，她兩腿之間一股溫熱蔓延開來，潮溼得令她慌張。她不禁鬆開手指，讓籃子朝腳邊傾斜著地。

男孩子沒放手，轉過頭來帶點敵意，狐疑地看著她。

「黃亞菁，你幹麼呀，偷懶是不是？」

一顆顆躲避球像水滴，滾得滿地都是。

運動褲染上大片深沉的紅，沿著大腿，一滴血流到地面，暈出淺紅斑點。

男孩子像看著怪物那樣看著亞菁：「不要靠近我！我叫老師來。」

她不知道自己應該做什麼，她站在原地，讓午後的太陽把血慢慢晒乾。

那時她的五根手指還在。她握得很緊，掌心跟指節深深印上籃子握把形狀。

她雙腳伸直，輕輕站著。待老師奔跑到場，脫下身上的一件運動外套，將亞菁下半身圍起來，扶著她走去保健室，途中說著：「啊，你這也未免太早了……」

她記得，那時候她的手還沒有接上機械指節。

聽完 Debbie 那堂課後，亞菁夜裡返家，男人追問亞菁怎麼離開研究室，去了哪裡。

她反問他，你今天有回研究室？

男人說，有幾個學生課後問問題。怕他們跟著回研究室，待在教室處理比較久。

她說，那最後順利嗎他們有被你打發掉嗎？

男人只是點頭，緩緩解開一顆又一顆襯衫扣子。

她說，所以你有把他們帶回來對嗎，好險我有先出去走走？

男人說，她們也只待了十分鐘而已。謝謝你。

他走進浴室，打開熱水梳洗。特製的霧面玻璃上，隱約能看見男人精練的線條。

模糊曲線中，他的洗姿有點像在屈膝下跪。水氣從虛掩的門中漫漶出籠，將亞菁的腳泡在裡面。

圍著一條浴巾，男人走出來跪下一點一點親上亞菁的手。他拉著亞菁的手，向下弄。

一小時過去了，卻還沒結束——男人只好握住她的手，先請她停。

她沒去看男人的表情，事實上她每次都沒看。

男人向亞菁道歉：「對不起，是我今天可能太累了。」

亞菁此時想到一件事，問：「你會手語嗎？」

男人說：「我們再試一下下好嗎？」

男人扶著亞菁的手，自顧自地繼續動作，對自己喃喃低語：「我不會這樣就不照顧你，我們不是那樣的關係。」

說完，他下半身微微震動起來，亞菁掌心爆發一陣勃然熱流。

她停下動作，鬆開手掌，走進浴室洗手。

「你想待多久都可以，你知道吧。」男人隔著玻璃門說。

亞菁皺著眉頭，打開水龍頭的水，用力搓洗自己的指尖。

自此開始，亞菁經常去 Debbie 的課堂上旁聽。

主動去問那個幫 Debbie 翻譯的人自己能不能當助教——這個念頭在亞菁心裡逐漸壯大。

第四週的課，翻譯助教沒來，臨時下了一場暴雨。雨持續到下課都沒有停止的跡象。課堂結束後，Debbie 撐著一把黑傘，沿淹水的路走進學生餐廳。她在自助餐的菜臺旁邊徘徊良久。Debbie 揀選幾樣菜，拿去秤重，整齊將一百元紙鈔交給收銀阿姨。Debbie 雙手捧著餐盤，正走回位子上，卻發現桌子反被四位學生佔據。Debbie 包包被扔到旁邊一張椅腳破損、等待回收的椅子上。

學生彼此叫罵，完全沒看到 Debbie 捧著餐盤站在旁邊。

一名學生見 Debbie 不走，斜眼看過去，問她：怎麼，有事嗎？

Debbie 沉默，微笑，斜眼看了一下自己的包包。

另一個學生說：你不說話，我們怎麼知道你要幹麼？

Debbie 想講話，卻只能發出氣音。

矮噁，好怪喔，在幹麼。學生們看著 Debbie，不知道她在講什麼。

亞菁輕拍 Debbie 肩膀，對著她笑，指向另一桌空無一人的桌子；她已經將 Debbie 的包包整齊放在椅子上。

亞菁把自己跟 Debbie 圈在一起，兩根手指晃了晃，比另一張桌子。

我們　吃飯　一起

兩人到新的位置並肩而坐。Debbie 問她是哪個系的學生，亞菁想了一下。

我　沒有　在這裡讀書

Debbie點點頭，發現亞菁懂的單詞不多。於是她指著亞菁的手機。亞菁會意後把手機解鎖，遞給Debbie。

你是外校生？為什麼跑到這裡上我的課？

亞菁看著手機內輸入的那行文字。沉思了數秒，鍵入：「我的意思是：我沒有在讀任何一間大學。我不是學生。」

Debbie眉毛聳起，頗富興味地點了點頭。她對這個「學生」也算有點印象：畢竟第一堂課就哭著跑出去，每一堂課都沒缺席，還坐在固定的座位，神情專注地盯著講臺，跟其他昏昏欲睡、明顯來騙學分的學生們比起來，她確實相對起眼一些。

亞菁鼓起勇氣打字：「請問你還缺助教嗎？」

Debbie有點嚇到：「我已經有助教了，我不能隨便辭退他。」

亞菁點點頭，比了ＯＫ的手勢；Debbie看見她內心的失望，想起有件事她確實有點困擾，於是她在手機上寫：「你如果真的缺一份工作的話，讓我考慮看看，我可能會需要找人做另一份工作。」

沒想到Debbie所謂工作，竟然是每週去維持她家的整潔。亞菁把手用層層的餐紙巾包覆起來，盡可能止血。Debbie終於回訊：急救包？在客廳電視下面就有。嚴重嗎？Debbie追問。

亞菁去電視下面的櫃子取出優碘、棉花棒以及OK繃來用。

原本只是每週來一次。但，聽到亞菁的狀況後，Debbie直接讓亞菁住進了她家——Debbie將沒在用的三坪房間清出來，讓亞菁能夠安心入住。

搬來時候亞菁非常倉皇，所有起居用品都重新買，也換了一只新的手機。舊的她就不再用。有時亞菁會看著那只舊手機，每個月固定一天只開一次，通電後總是充斥男人的未接來電跟簡訊內容。她從來不看。

亞菁包紮完後，隱隱聽見奇怪聲音來干擾。她朝聲音走過去，發現是窗臺一隻麻雀不知何故，竟然俯衝向玻璃窗。亞菁打開窗子，將半暈半醒的麻雀輕輕撈起，放到剛剛受傷的手掌上。麻雀的體重很輕，她並不感到疼。

但此刻，她發現聲音還是沒消失——原來她方才並不是錯覺，而是有種高頻的嗚響正在干擾。

她此前從未聽過這種高頻噪音。

捧著麻雀，她繼續朝噪音的來源前進。

二樓，兩間臥室都沒有東西。然而噪音卻變大了，讓她更確信聲音是往高處來。

她走到頂樓，頂樓是一間她從未進去過，總是闔起來的門。

她緩步接近，聽見內裡正發出噪音，雜訊隱約變強。

沉思幾秒後，她還是握住門把，試著扭開。但驚覺沒鎖，於是緩緩地開了一道小縫。

一顆背對她的白色圓形體，正朝著白色的牆面照射出一片藍色的光。光並不穩定，直照幾秒便斷訊。然後重啟。反覆投影。投影出的畫面像粼粼浮動的波光。圓形物體兀自發出高頻的怪聲，努力重複著動作。

她充滿困惑，也看得失神起來：這顆圓形物體是什麼？

她走進房間，想端詳這顆圓形物體。走近後，發現這竟然是一顆具有五官的頭顱——它的雙眼綻放出光，穿透了罩住它的玻璃帷幕——這也終於解釋了為什麼牆上會有模糊的波紋。

Debbie 一直在「養」這顆頭顱嗎？它的功用是什麼？

亞菁不知道該如何理解一顆頭顱的出現。最後的困惑是：她該怎麼關掉這臺機器，讓它不要無端啟動，持續耗費電力？

她才沉思半晌，光芒忽然黯淡下來，像是被誰緊急切斷。空間歸於寂靜，只剩下秒針轉動的聲音。它停得如此決然，亞菁幾乎懷疑只是幻視。此時麻雀在掌心忽然觸電似地驚詫起身，開始抖動，讓剛剛的傷痕隱約刺痛。好吧，這不是錯覺，她心想。她得先把麻雀跟自己的手安置完，其他之後再說。

Debbie 對待聖誕節的態度十分莊重。亞菁替 Debbie 在客廳打造聖誕樹。從紙箱裡她拿出幾顆裝飾球，一顆一顆綁上去，球經常從她手裡跑走，她得捏著（用右手），偶爾忍不住發出嘆息；接下來，則是拉出一串 L E D 燈，幫它插電。她心裡喃喃自語：這種堅持有必要嗎？裝飾一棵塑膠製的聖誕樹，我們為何不直接買臺新型投影機，在家立體投影。甚至平常不做聖誕樹，置換成任何一棵樹都不是問題。亞菁忍不住為自己心裡默念的行為感到好笑：其實就算把這些說出口，Debbie 也不可能聽到。

Debbie 看出她的不屑，整理到一個段落，她打斷亞菁：昨天我去買了唐寧最新的茶包，要不要喝喝看？

又是唐寧，這品牌還沒倒，真是奇蹟。亞菁聳肩，跟著 Debbie 走進廚房。

三個月了。亞菁刻意淡忘頭顱的存在。這棟房子也沒有再出現相同狀況。從頭顱的眼睛折射出的藍色水波，在她心裡一直沒有消退。讓她想起自己初次遇見 Debbie 時，Debbie 在講臺上的自我介紹：請你們想像自己在一片遼闊的深海裡。那裡什麼都不會出現，連一條魚也沒有。四周一片黑藍，透著淺淺的天光，放眼過去只有光的線條。你張口想發出聲音，沒吃到水，但聲音全在咽喉裡被水掩沒。

亞菁抿半口就放下那個灰色霧面陶瓷杯，茶很燙，杯壁印著史奴比。

Debbie 替自己倒半杯，用手勢表達這個新口味她很滿意。薄荷紅茶，新配方，而且不會讓我失眠。Debbie 說。

你為什麼對聖誕節情有獨鍾啊？亞菁隨口問問。這是她第二年跟 Debbie 一起過。

Debbie 否認。亞菁便指向客廳那棵聖誕樹，又指著整個環境中，那些掛在牆上的聖誕襪、拐杖糖。

我不是只喜歡聖誕節。我也喜歡過年、中秋節、冬至。

亞菁說：你只有聖誕節會特別布置。

你不覺得生活需要一些期待來維持嗎？

亞菁以為她要說的其實是儀式感。但是「期待」也不能算是語病。思考這句話的意義時，她陷入沉默。杯中溫熱的煙霧瀰漫開來。

我們是不是沒聊過你的手指？那是意外嗎？

亞菁說，這是天生的。

Debbie 沒有追問。亞菁繼續說：我天生就沒有手指。但這也算不上什麼特別的，它有優點——起碼我不用剪指甲。

Debbie 白眼她，想到一件事，最近他還煩你嗎？

亞菁搖搖頭，Debbie 說：那就是另一個人囉？你又不接電話了嗎？

她再度搖頭。不想 Debbie 再瞎猜，坦承：我在你房裡找到一顆頭。

Debbie 愣一下。兩人尷尬的沉默。

亞菁接著說自己是嚇到了沒錯，但更可怕的是，那顆頭自己會發動，你知道嗎？那到底是什麼東西？

Debbie 有點激動地問她，你看到什麼？能不能跟我講？

亞菁沒回應，手指放在熱燙的杯緣上。

Debbie 懂了。她皺眉，然後喝了一口茶。

關於這顆頭的來由，要從我爸的故事開始。

有次他要去登山，但就沒有再回來。只是去爬山，怎麼變成這樣？我當時不理解。

我們一開始以為，他死於山難。因為在登山後的第二天，大雨太強，新聞說他登的那座山有嚴重的土石崩落。接著我們等了幾天，沒有消息，搜救隊首先在中途的山屋中，找到十一人的遺體。不過，沒有我爸的。

他們在另一個非常遙遠的闊葉林裡，找到兩具屍體，一個大人，一個小孩。兇手跑走了，後來都沒抓到那個人。屍體上很明顯的勒痕。他本來應該活著的。

他來不及留下的東西很多。

我媽變成經濟的支柱，流轉過很多工作：餐飲、旅館、服飾、手藝店……大概五六年後吧，父親的朋友突然送來這顆頭顱。

「他上山前，請我做了這顆頭顱。他畫好設計圖，請我做完。沒想到後來發生那樣的事……」那個人說。

母親冷冷地說：「這是什麼。」她指著玄關那大箱子。箱子裡，正躺著那顆頭顱。

「這頭顱只是他設計的模型而已。」對方說：「不得不說他真的很有創意。他想做的也並不真的是機器人。晶片打算給人代工，然後……」

「謝謝，請你回去。」

母親從此越發地恨，無法理解這是什麼惡劣的玩笑。

她好幾次叫我扔掉那個東西，我沒照做。直到今天我都留著它。

此時門外傳來敲門聲：「外送喔，你們點的披薩來了。」

他們收下歡樂套餐，整個過程都沒人講話，那年的聖誕節過得非常沉悶。

亞菁躺回自己的床上時看著光禿禿的天花板，心裡琢磨 Debbie 那則故事。也因此想起男人的專業。男人的臉甫從亞菁腦海底浮現，耳裡就浮現著那句聲音：「幫幫老師一個忙就好，幫我。手，其他不要……」

她想像自己又捏破了一塊盤子，用以打斷這咒語般的聲音。

隔天醒來她去看麻雀，亞菁悄悄地把麻雀養在自己的窗臺，固定施放一些飼料，麻雀會自己來吃。

養完麻雀以後，她準備開始她新的一天，收拾垃圾、清潔地板、日常整理。她經過昨天的聖誕樹，忍不住走了過去，摸了摸上面的塑膠枝葉。實體的東西總比虛擬的好，是嗎？

走進廚房，她發現 Debbie 穿著與昨天相同的衣服，以及一壺剛沖泡好的咖啡。

亞菁問，你今天這麼早起？

Debbie 站起來喝了一口咖啡，沒回答，走到樓上。

走上三樓的路上，Debbie 想起自己一個人住的時候，頭顱所帶給她的震撼。她曾在鈦金屬製的頭顱上面，見到父親的身影。父親只有半個身體，藍色，但透明。他指著那顆頭，再指著自己，淺藍的手指，像一團來不及四散的氣體，迷你的雲。

她讀過一些小說，當然在這時代，好像已經沒這種行當，那是一種叫做「靈媒」的職業。靈媒是媒介，在人與非人之間溝通。

她啞掉的父親，失去身體的父親，既不是高科技，也不是投影，卻重複著機械式的舉動，和她互動了十年。彷彿在告訴她：「好歹你也打開一下那東西吧。我想說的話都在裡面了。」

十年。十年前，她送走父親的時候，她親眼看到藍色的氣體從封釘的棺木裡噴湧出來。

但她沒和任何人說這個經驗。

她推開門，坐在地面上，看著頭顱；不久後，亞菁也跟著走進來，跟她並肩坐著。兩人沉默地度過漫長的下午。

❖

一週後的早上十點，Debbie 帶著怒火開門，看到男人在自己家門口，她忍住但還是勉為其難地笑。亞菁跟在後面。男人在電話裡，答應無償來看那顆頭顱，就為了看亞菁一眼。Debbie 把他從玄關帶到客廳，長桌上有一壺已泡好茶的乳白色茶壺，以及三組藍色陶瓷茶杯。

Debbie 請男人坐下。

男人擺擺手，表示不用客氣。

男人掏出手機，在上面打字，拿給 Debbie 看：謝謝你平常照顧亞菁。

Debbie 讀完，拿過男人的手機，微笑打字回覆：亞菁在我這過得很好。

男人詭異笑了一聲。

我已經知道您的狀況了。方便請問那顆機械頭顱在哪裡？

Debbie 起身，帶他們走上三樓。

男人對三樓的格局沒有什麼興趣，只見他直勾勾地凝視著那顆頭顱，眼中彷彿燃起火焰，亞菁看到男人的反應覺得一陣噁心——那眼神她曾經很熟悉。

Debbie 手摸上了玻璃罩，男人渾身一震。

她手輕輕示意，請男人先站到一旁，不要靠太近。

打開玻璃罩，男人極其專注。他走上前，遵照著 Debbie 的意思套上塑膠手套，避免留下指紋。

他輕觸頭顱，非常小心。Debbie 有從旁觀看手術的錯覺。

啊，這東西——男人一面讚嘆，一面說：「看起來是很舊的型號了，但做工非常細緻、精美。保養得很好。」

Debbie 眉頭皺起。

亞菁走過去與 Debbie 並肩，輕拍她的手背。亞菁問：「你要拆開嗎？裝得回去嗎？」

男人開始細緻地摸。感受它的紋路，它的溫度。「照理說，應該是有孔縫，可以整顆拆開，或是讓我們接線。我們或許就可以知道，裡面是不是有留存影音檔案。」他喃喃不休，彷彿身在教學現場。

觸摸那顆頭顱的當下，男人小心翼翼、忍住不發，令亞菁左手銜接人造指頭的斷指處，產生靜電也似的痛。她的手指抖了一下。

男人在下頷處，摸到了一個縫隙。

他沿著那個縫隙，一路摸了上來：他指縫上的觸感，摸到了一條線；但在視覺上，頭顱完好無損。

男人說：「我是猜測——它說不定可以從中分成兩半。」

男人看著亞菁、Debbie：「怎麼樣，要嘗試看看嗎？」

他指著頭顱，先比「二」，然後再比出「剝開，分成兩半」的手勢。

Debbie 看得懂，她下定決心，點頭讓男人拆開這顆頭顱。

男人握上頭顱的表面，叫亞菁來扶好下面的桌。Debbie 本想幫忙，卻擔心自己反而把物品用壞了。

三，二，一……

啵！

頭被剝成了兩半，裡面有眾多細密的管線彼此緊密相連，交纏其中。

Debbie 遙遙凝視。忍住不發出聲音。

男人拾起那些管線，細細觀察。他試圖要拔開這些看似捆一起的線，發現這些細密的管線從最初設計就已經兩邊焊死，「這是什麼設計？」男人說：「這沒道理，一點意義也沒有。」

他有些崩潰：這些尋找不出頭緒的成果，和其表面含蓄、節約的邏輯反差太大。怎麼會有人要浪費時間，做這種費解的工？

他戴著手套搓這些管線，也不敢用力，深怕拔斷。

他拿起手機，打開手電筒，將裡面照亮。

觀察良久後，男人轉身，把亞菁找到一旁，還壓低了聲音，像是擔心 Debbie 聽見似的。

「亞菁，這裡面什麼也沒有。他只是『組起來』像一顆機械式頭顱，但是它只是一顆簡單的『模型』而已。它不能投影，沒有晶片，甚至連不上雲端——那充其量，只是一顆『很精緻的藝術品』罷了。」

❖

那些管線呢？怎麼解釋？它的眼睛會自動投影，你明明也看過吧。而且你要讓他來至少要獲得我的同意——我前一小時才知道？這是我家，你不知道讓他來這裡有多危險嗎？

Debbie 語速很快，亞菁未必全聽得懂。某些單詞湊在一起，她才能簡單理解 Debbie 的意思。

飯廳中，她坐在 Debbie 身旁一直向她機械式地道歉；一面想著男人離去前她耳邊低語的那句話。

亞菁，你不可能一輩子待在這裡，你知道吧。

為什麼不可能？——她想果斷回他。何況他們有簽訂契約嗎？他哪來的自信認為自己會終歸「昔日的美好」？他們之間曾美好過嗎？

她沒對男人發作，除了憤怒，她同時很沮喪。她很想滑手機，但Debbie還沒講完，正在等她回覆。我們總是有別的方法，我們不用跟那種人妥協。Debbie說罷，兩手一攤，起身走去洗澡。

亞菁決定出門散心。寫了張紙條留給Debbie，打開大門，去悶熱的街上閒逛。打開大門的時候，她握住門把，忽然感覺到有些古怪的地方。她恨透這種什麼也不對勁的情緒。

亞菁打開手機，輸入搜尋引擎：我有一顆機械頭顱，我可以怎麼分析裡面的資料？

AI回覆：

如您想分析裡面資料，建議您找以下三個機構尋求方法——

•科技公司：科技頭顱通常是由科技公司製造，因此您可以直接聯繫該科技公司尋求協助。科技公司通常會有專門的團隊負責科技頭顱的維修和保養，他們可以幫您檢查科技頭顱的狀況，並提供相關的資料。

•醫療機構：如果科技頭顱是從醫療機構取得的，您也可以聯繫該醫療機構尋求協助。醫療機構通常有經驗豐富的醫師或護理師，他們可以幫您檢查科技頭顱的狀況，並提供相關的醫療建議。

• 科技專業人士：如果您認識有相關經驗的科技專業人士，也可以向他們尋求協助。科技專業人士可以幫您檢查科技頭顱的狀況，並提供相關的技術建議。

「嘿，嘿。不能這樣子問問題，你應該先想好你的問題該怎麼問才會精確——」亞菁腦子裡又響起男人自視甚高的聲音，難道男人講的都是正確的？亞菁自覺自己從頭到尾都太相信他。這不對勁，他最初就是為了對抗這件事而住到 Debbie 家的。

暗路中她折返，告訴自己：沒道理要為這種事情，活得像是外人眼裡的異類。

❖

亞菁走進三樓房間，靠近那顆頭，心想：你到底還有什麼話可說，非要用那種靈異的方式？她記得男人早上如何撥開那顆頭。她有樣學樣，輕輕地打開了頭顱。

內裡的管線與上次她們看到的一樣盤根錯節。她去觸摸那些管線，只感到冰冷，像在摸鋁製的棒球棍。

她從管線逐漸摸到頭模的內部，指腹接觸的瞬間，她拂過一團紋路，緊接一連串像記憶的東西河水似地，倒奔入她的頭腦之中，剎那她體驗了數段不屬於她的經驗，森冷、懼怕、通電一般。

亞菁抽回手，第一時間，發現這不是那種大家已經習慣的電子文。那是比起讀取電子文還要古怪的體驗，說自己「同理另一個人的感覺」不精確，說自己「讀取到別人的記憶」也同樣不精確，因為方才那瞬間，她同時感受到了另一個人的感覺、視線還有事件的進行，身歷其境。如果她要對 Debbie 說自己看到什麼，她沒辦法「寫」給她看。

對於這個重大發現，她首先去把 Debbie 叫過來一起研究，並試著把剛剛的事情告訴她：「我無法說我讀到什麼，你自己讀讀看吧。」

Debbie伸手進去頭模，撫摸一陣子。這哪有什麼電子文？Debbie說，拜託一下，當時拿到這顆頭的時候，科技還沒這麼先進。

這怎麼可能。亞菁不信，再次將手伸進去，仔細觸摸。雖然她確實拂過了一團紋路，卻沒有任何感覺。

她困惑，沉默，看向另一隻沒伸進去的手，五根冷冰冰的機械手指。

怎麼可能？

她將左手探進去，掃過那團紋路，那堆畫面果然席捲回來：

一個孩子淹在水裡，吞了好幾口水，噁心、反胃、嗆鼻；酒吧裡，幾個男人喝啤酒，大聲嚷嚷；一間樸素的教堂，男人凝視著女人的手，還有自己西裝差點遮掩不住的啤酒肚——

收回手，她看著自己的手指。驚訝發現，莫非只有透過這些沒有生命的手指，才能「讀」到那些電子文的內容？

所以你到底看到什麼？表情這麼難看。

亞菁說：裡面那些文字，好像只有我讀得到欸。

亞菁只好嘗試把自己讀到的內容告訴 Debbie，不過這很吃力——因為那些蒙太奇式的片段根本構不成一個完整的敘事。她只好盡可能把畫面寫進手機裡面，讓 Debbie 看。這什麼東西？Debbie 說，我完全沒看懂。

亞菁說：「比較有記憶點的，是被淹沒在水裡。但我不知道，你父親在頭顱裡留下這個是想跟你說什麼。」

Debbie 沉默，思索幾分鐘後說，他是跟我說過他大難不死的故事。他曾經住在一個新起建的社區。在那邊住到大約國中。有次來了颱風，嚴重水災，讓社區後面山崩土石流，結果沖倒一堆房子，很多人都過世……

聽起來，這是不是有可能是你父親自己的故事？亞菁問。

Debbie皺眉，說，但這還是沒解決我們的問題。它為什麼會自己動？為什麼只有你的機械手指能讀到？難道這顆頭比我們想得更先進——

亞菁吐出長長一口氣，說：「我開始懷疑，我們是不是自己看錯了。」

❖

亞菁在全黑的房間裡點燃了一顆香氛蠟燭，這是Debbie在她剛搬進來時送給她的幾樣物品。淡淡的鼠尾草香環繞在亞菁房間，她凝視著往上逸散的煙，坐在冰涼的木質地面上。

她聽見自己逐漸平穩下來的心跳，想著有必要為了別人的事情，付出這麼多嗎？

亞菁伸手摀在燭光的周圍，試著感受到火的溫度，想像自己被烤暖。

今天正好是每個月一號，亞菁照慣例把舊手機開機。每個月的第一天，除了男人，還會有另一個人撥給她，只響七秒，不多不少，像儀式。這幾年來她從未接過那通電話。但是每月對方還是照打。

亞菁這一刻卻衝了上去，握住自己的手機，按下了通話。

隔日中午亞菁對著 Debbie 說：「我爸是科技公司的工程師。也許那顆頭他會有辦法。」

Debbie 聳肩，把剛煎好的蛋餅分給亞菁，將平底鍋放回去。轉身雙手比劃：這樣你的生活會有很劇烈的改變。可能變好，也可能變得更壞。

「難道我要在你家住一輩子嗎？我不真的是你的女兒啊。」

啟程的前一晚，Debbie 最後才想把那顆頭封箱裝好。進去房間後兩人並肩而坐。一人盤腿一人抱膝，四周寂靜。亞菁捧著飛進家裡的麻雀，麻雀在她掌心跳來跳去。偶爾幾輛車駛過，窗簾縫隙裡，片刻閃光，黑暗裡銀波循環。

她們盼望、凝視那顆背對她們的頭顱，雙雙閉上眼睛。

她們從發燙的黑煙中醒來，從劇烈咳嗽驚醒，發現一切已經太遲——亞菁反應最快，轉身想要推開門，卻發現門被封死，怎麼樣也打不開。有人從外部移動用家具把門給卡住。

煙逐漸朝縫隙裡竄入，試圖把她們包覆起來，她們推開狹長，只能容納一個人鑽身過去的窗戶，準備跳下去，Debbie 回頭看了那顆頭。亞菁見狀，想衝去拚死拎走那一顆頭，反而被 Debbie 攔下來。亞菁想說話，但現在一分一秒都很重要，煙竄得越來越濃烈，Debbie 把亞菁推出去，要她先走。

亞菁鑽窗出去，Debbie 看著那顆頭，內心覺得很痛苦。當她要去抱住那顆頭，發現頭顱此時忽然自己發動了：藍色的光，被煙幾乎吞噬，四分之一張父親的臉，用破碎的手，對 Debbie 比著手語。Debbie 在濃烈晦暗的煙霧，讀到最後的幾句話。

亞菁在窗外一直沒能看清楚 Debbie 的背影。她想到底要自己跳下去？還是要衝進去把 Debbie 拉出來？這時 Debbie 閉眼鑽出，流著眼淚，滿臉燻黑，Debbie 沒手跟她說話，只是用眼睛看了看地面。她們得順著牆外的水管線，以危險、毫無防備的姿勢，努力攀在上頭，傘兵那樣垂降下去。

亞菁首先跳下落地，跑了好一陣子，才跟 Debbie 一起彎腰喘氣。她抬起頭，無意間瞄到躲在遠方的男人，男人眼神凶惡、怯懦，瞪了她以後回頭逃逸，緊張得差點跌倒。她想起那天摸到門把的不對勁。

Debbie 不忍看焚毀的房間，頭顱想必已在裡面摧毀。她拍拍亞菁的手背，走到亞菁面前，鎮定地說：我們不會有事，明天一早我們就先找地方，遲早，我們會讓他付出代價——

屋子因大火傳出猛烈的崩塌聲，梁柱在她們眼前迅速潰成一片焦土。消防車正從遠處急速趕來，夜的邊緣閃爍藍紅的燈光。

亞菁、亞菁！你有看到我說什麼嗎？

Debbie想到父親最後留給她的那句話：

我們會活下去，並且活得很好。

巨大的火焰不斷旋轉，散出灰燼。

茫然中，亞菁竟然說了一聲：「好。」

二〇二四年一月

〈後記〉

說話的慾望

寫完這本書的某一天，我開始在思考：我還有什麼想講的嗎？出版前幾個月陸續有朋友問我：這一本書是在說什麼主題？我從閉口不談，到能比較簡短地說，我覺得自己寫的是「離天才非常遠，但也完全不笨的一群人，還能怎樣以自己的方式過活？」

當我盤整出這樣一句話的時候，我開始漸漸明白自己為什麼寫這些。因為，很大的程度上我覺得自己也是這樣類型的人。我透過小說在處理自己。

寫完這本書的某一天，我也發現自己改不動這批作品了。因為生命階段的不同，我只能慢慢讓自己停下來。

後來，我開始整理有興趣的題材，小小的筆記本塗滿了兩頁。全是概念跟雛形，可是要牽連成一個系統、確認那是我想關注的東西，並變成一本小說，我還需要更多的時間思考。

以前參加過一個編劇班，編劇老師最常對我說的事情就是：你對成為編劇這件事情不夠有決心。決心到底是什麼意思？經過幾年的沉澱後，我曉悟那是一種氣魄：你願意為這件事情犧牲多少生活、金錢、時間、健康？

我確實不想犧牲所有只為了爭取一個「可能」（寫作在這個時代，我不認為有所謂的等價交換），換一個角度來看，我很貪心。我什麼都想要：我想保有生活、保有職能、保有寫作。

然而這種想法說成貪心，我也真的是低估了這一切，我沒料到出社會與創作的相互傾軋是全面性的。以前求學我可以花一整天的時間想著寫作，畢業後卻已經不可能。寫作逐漸轉化成我非常小心維護、營運的一個角落：這個行為本身讓我知道自己跟過去還有一點連結。在這漫長、安靜的運動中，我只有自己。

很喜歡聽的一個 Podcast 曾討論：「生活跟工作有辦法平衡嗎？」主持人說，這其實是一個假議題：因為生活本來就不存在平衡的狀態。終究還是要看你自己想過怎樣的日子。你希望每天把重心放到事業，把時間都塞滿；還是點到為止，花時間在別的興趣上？這沒有標準答案。現在的回覆也會隨著年紀、精神／身體狀態來滾動式調整。

不知怎麼回事，聽到這個回答的我漸漸能安心下來了。

重點是我寫過什麼，而讀者亦曾經在乎。

自此，我也對創作的想法產生了一些變動。多年後我依然深刻記得胡淑雯老師在知名的《BIOS monthly》採訪中提到卡內提回憶錄《得救的舌頭》時，所凝鍊起來的一句結語：「寫作是將你的舌頭贖還，去卸除權力跟暴力對你的威脅。」近期，想起過往一些經驗，這樣的想法越來越強烈。

感謝言叔夏老師、何致和老師貴重的推薦序。

叔夏老師在我茫然的階段，嘗試讓我思考比寫作還重要的事，也有很多重要的身教。

致和老師口考時提供小說創作的建議，非常受用，當日筆記，我現在依然保存完好。

致和老師跟明益老師考試時皆有提醒：「寫作不要亂追（跟風）」。謝謝，我會時刻覺察。

感謝繼昕，妳是特別的。感謝稔育、冠甫、閔淳、家祥在東海時鼓勵我繼續寫作。

感謝柏言、威羽、昱嘉、綉怡、桓溢、琬融、易澄、沐羽、欣純……以上等等風格與思想各異的作者們平日或多或少的交流，對我理解當代寫作者的真實生活群像幫助很大。

感謝願意推薦的：王聰威老師、林俊穎老師、鍾文音老師、楊隸亞學姐跟沐羽。感謝小說家許俐葳老師與亞妮學姐在工作上的照顧之餘，也願意掛名推薦。感謝撰寫推薦語的：劉思坊老師、白樵、陳柏言與張桓溢。這本書很幸運能留住這些文字。

感謝珊珊、小草在我一無所有的時候看見我的作品，我很感念在心，也對於願意挖掘素人作者的編輯們由衷感到敬佩。正因有這些編輯，我才能讀到：蕭熠、許恩恩、宋文郁等人風格獨具的作品。這些人的存在，讓寫作者對於「寫出好作品一定還是有機會被看見」這件事能保有一點念想。

感謝同樣艱辛的環境中力求突破的同業昱豪。我都不知道要怎麼做自己的作品。

感謝翻到這一頁的讀者。以前自費印刷過一兩本書，後記都在對不存在的人喊話，這次是真的能感謝到活人了。謝謝你／妳！

最後謝謝我的家人，希望他們會因我出書而高興。

二〇二四年十一月

新人間 四三六

烏鴉與猛瑪

作　　者—趙鴻祐
副總編輯—羅珊珊
責任編輯—蔡佩錦
校　　對—江淑霞　趙鴻祐　蔡佩錦
封面設計—馮議徹
內頁設計—SHRTING WU
行銷企劃—林昱豪

總 編 輯—胡金倫
董 事 長—趙政岷
出 版 者—時報文化出版企業股份有限公司
一〇八〇一九臺北市萬華區和平西路三段二四〇號
發行專線—（〇二）二三〇六—六八四二
讀者服務專線—〇八〇〇—二三一—七〇五・（〇二）二三〇四—七一〇三
讀者服務傳真—（〇二）二三〇四—六八五八
郵撥—一九三四四七二四時報文化出版公司
信箱—10899臺北華江橋郵局第九九信箱

時報悅讀網—http://www.readingtimes.com.tw
思潮線臉書—https://www.facebook.com/trendage/
法律顧問—理律法律事務所　陳長文律師、李念祖律師
印　　刷—家佑印刷有限公司
初版一刷—二〇二四年十二月二十日
定　　價—新臺幣四五〇元

時報文化出版公司成立於一九七五年，
一九九九年股票上櫃公開發行，二〇〇八年脫離中時集團非屬旺中，
以「尊重智慧與創意的文化事業」為信念。

烏鴉與猛瑪／趙鴻祐作. -- 初版. --
臺北市：時報文化出版企業股份有限公司, 2024.12
296面；14.8x21公分. --（新人間叢書；436）

ISBN 978-626-396-984-1（平裝）

863.57　　113016791

ISBN 978-626-396-984-1
Printed in Taiwan

本書部分作品獲國藝會 國|藝|會 文學類別創作補助